G000070448

Frédéric Boyer

Des choses idiotes et douces

Gallimard

Frédéric Boyer est né le 2 mars 1961, près de Cannes. Après des études de lettres, il a enseigné la littérature dans différents établissements et en prison. Il travaille aujourd'hui dans un groupe de presse.

Si quelqu'un te force à faire mille pas, fais-en deux mille avec lui.

Évangile selon saint Matthieu

1

Quand ils sortent de là, après dix, quinze ou vingt années parfois, ils ont le corps en forme de banane, ou bosselé comme un sac de noix. Les yeux perdus au loin. Leurs premiers pas trébuchants chassent une proie insaisissable. Un vague abri. Ils ont une faim et une soif que rien ne peut étancher. Avec un sentiment de nausée qui les empêche de se tenir correctement. Ils se contenteraient de n'importe quoi, de n'importe qui. Leur peau est singulière. Prête à rougir, et à se crevasser. Ils fument violemment en se vidant les poumons. Avec des airs mal assurés. Bourrés de larmes. Leurs mouvements sont las et indécis. Leurs yeux coulent parfois au contact de la poussière. On voudrait ne pas voir cette soumission impossible. Cette résignation paresseuse jusque dans leurs vêtements lâches et démodés.

Ils sortent à l'heure où les gens seuls dans

les hôtels se promettent d'être meilleurs, où dehors la moindre passante ressemble à une allégorie de l'amour. Avec ses genoux usés, son allure apitoyée qui leur fait immanquablement penser à une sœur oubliée. Sans secours où qu'ils se tournent. Ils ont froid. Un froid sans réfléchir qui leur donne seulement conscience d'être ridicules dans leurs habits trop légers.

Rien ne peut les atteindre. Ils entrent dans une trêve mortelle. Ils posent tous les mêmes questions impossibles à entendre. La bouche ouverte et silencieuse, à vouloir raconter une histoire qui n'intéresse jamais personne. Ils se perdent dans toutes sortes d'explications spécieuses et tourmentées. On remarque vite leurs comportements grossiers. Avec l'impression que leur injuste fardeau de malheurs a été inexplicablement alourdi. Ils poussent de gros soupirs. Ils sont pâles, le corps voûté. On peut les voir passer une main cassée dans leurs cheveux. Et surprendre la douceur blessée de leur chair qui appartient à ces halls de gare où ils croient reconnaître de gros hommes roux sans estomac qui avalent, comme eux, des horaires de peines. Leur habillement souvent maladroit les noie dans les avenues bruyantes, les drugstores mafflus, doucement cahotiques, qui expulsent à longueur de journée de pauvres

12

types interchangeables. Ils disent que la lumière bâtit des temples et des prisons. Qu'il y a le froid qui les gagne, le désir d'autre chose qui les blesse. Leur visage s'est assombri. C'est une espèce de nuit qui atteint leur peau, qui les fait ressembler à des donjons fragiles où l'on ne sait s'il y a encore quelqu'un à délivrer.

On dit qu'ils rôdent. Mais le désir de connaître et d'aimer fige leurs silhouettes. Ils trouvent refuge dans les hôtels. Près du mobilier intangible, désuet, d'une chambre d'hôtel « tout confort ». Ils restent assis bien droits sur le rebord du lit. Est-il possible qu'il y ait tant de bruits inconnus derrière les cloisons des hôtels ? Oui, c'est possible. Le bruit sourd et singulier que font les autres sans vous. Est-il possible qu'il y ait autant de rumeurs tendres aux lèvres des inconnus ? Est-il bien vrai que leur cœur est invisible ?

Ils savent qu'ils resteront toujours de l'autre côté de la vie. Quelque chose de sombre, de pesant dans leur bouche, et dans leurs poches. Ils refusent le café ou les gâteaux qu'on leur tend, tout en vous dévorant des yeux. Ils vont et viennent avec le sentiment de ne jamais trouver ce qu'ils cherchent. Se doutant que le plus terrible ne les a pas encore frappés. Ils ont un aspect vaguement meurtri et toutes les difficultés du monde à s'asseoir confortablement dans les fauteuils que vous leur proposez. En traversant les rues, ils manquent cent fois de se faire écraser. Ils oublient le glaçon qui est en train de fondre dans leur verre ; ils serrent de toutes leurs dernières forces leurs poings vides. Ils ne sont pas familiarisés avec un monde qui leur paraît changé en pire. Ils ont une peur indicible de cette fatale métamorphose.

Cela commence toujours ainsi. En sortant, ils font preuve d'un courage inouï. Ils observent tout intensément. Leurs yeux brûlent d'un feu dévorant. Et leurs mains emportent tout. La douceur. Le vent et la lumière. Ils sont doux à force d'être flétris. Vous les regardez bien en face. Ils ont l'air de faire tout ce que vous voulez. Mais on ne leur demande rien de précis. On n'essaie même pas de leur dire quoi que ce soit. En les voyant, on devient la proie d'une tristesse écrasante, d'un tourment sans objet. On se demande combien de temps ils pourront tenir le coup dehors. Et quand ils lèvent leurs yeux sur vous, ils ont l'impression de devenir soudain transparents comme une fenêtre par laquelle on ne verrait jamais rien.

Ils ont des yeux dilatés par une immense incompréhension. Comme s'ils ne saisissaient pas tout. Ils passent leur temps à ravaler dans le silence des mots qu'ils avaient maladroitement préparés. Leur peur n'est jamais la nôtre. Ils ne parviennent même pas à remplir une modeste chambre d'hôtel. Ils se déshabillent aussi peu que possible. Leurs dîners sont rapides. Ils voudraient se détendre, sourire près des flippers ou des comptoirs. On les voit baisser les yeux, fermer sur eux des blousons glacés.

Ils ne sont pas en très bonne santé. Ils ont un mal de chien à entrer comme il faut dans le temps, privés du rythme terrifiant des gardes, des fouilles. Sans la plainte réconfortante de la télévision allumée en permanence. L'espace leur fait peur. Comme un vêtement qui aurait rétréci et dont ils ne voudraient plus changer.

Ils avancent et on dirait qu'ils marchent dans la mer, dans les vagues. En gage de leur parenté humaine, ils n'ont que le bruit de leur toux à offrir. Le toucher, l'odorat ont été atteints. Cela mettra des années à se libérer. Ou ça ne guérira jamais. Ils souffrent de petits maux inexpugnables. Rages de dents, rhumes chroniques, asthme, angelures. Ils se glissent près de nous avec des allures de fantômes malades. Ils se lancent comme des balles dans le temps. À la recherche d'une réconciliation forcenée. On les sent novices, sans expérience, sans mémoire de plénitude.

Ce temps nouveau pour eux est comme un temps mort où il ne se passe rien. Ils ne font que s'échauffer avant une partie qu'ils ont rêvée, intensément désirée et qui n'aura pas vraiment lieu. Qui voudrait d'eux comme partenaires? Oh! oui qui les attendrait à la sortie? Mais qui donc? Ils redoutent l'affluence des rues, le chatoiement des couleurs, l'agitation des corps, la vivacité des pas de la foule. Ils pensent avec une inquiétude feutrée que tout est innombrable. Qu'ils ne pourront jamais se rappeler de tout.

Le monde est un labyrinthe de miroirs.

Ils s'enhardissent jusqu'à effleurer quelques mains de femmes dehors. Ou seulement les boutons de leurs manteaux impeccables. Ils se gavent maladroitement d'une nourriture bon marché, dans les cafétérias, aux buffets des gares. C'est tout le corps qui exige autre chose, le sang qui devient comme du bronze en fusion, emportant on ne sait quelle douleur, quel plaisir. Puis leur courage fléchit. Leurs mains se retirent lentement, à tâtons, et n'osent plus rien toucher. Ils vous reprochent de les avoir trahis.

Il y a l'après. L'après, quand tout se passe comme s'ils n'existaient pas. Qu'ils se remplissent d'air et de silence comme des cavernes abandonnées qu'on met au jour

16

brutalement. Envahis d'une tristesse incontrôlable. Sauvage. Jamais certains de savoir
comment il faut faire pour bien se tenir.
Silhouettes obstinées, bravant l'impossible.
On dirait qu'ils courent tête baissée vers une
ruine inimaginable. Pas facile d'expliquer
qu'on ne trouve plus ses marques, qu'on se
sent de trop. Quand on a mangé du pâté, seul
dans un hôtel confus et bruyant, bu cinq ou
six bières, avec des comprimés, et dormi,
dormi sans trouver le sommeil.

Sur les tables rugueuses, leurs mains traî-
nent. On imagine qu'elles reviennent après
des siècles du royaume des morts. Qu'elles
pourraient toucher le feu et les lames.

Il y a cette tête d'idiot qu'ils prennent. Leur
espoir qui s'effrite en poussière lente. Ils se
raidissent. Pour rien au monde ils n'avoue-
raient qu'ils ne se sentent pas prêts. Ou qu'ils
ont peur. Des autres. Des femmes. De la
rémission.

2

Cody ne voulait pas sortir de prison. «Pas maintenant», disait-il. Il les avait tous pris au dépourvu. En repoussant laconiquement leurs tentatives pour le préparer à l'idée de retrouver la vie des gens. Cody répétait qu'il ne pouvait pas sortir. Quand on lui parlait de sa libération, avec une sorte d'urgence maladroite, il sentait les griffes de la peur. D'une peur d'homme mort qui avait abandonné le rêve de revoir la vie des autres.

Il serait étranger dans ce monde neuf. Il lui faudrait s'habituer à des choses inconnues. Aux frottements, à la rude caresse de tous. Aux générations nouvelles. Tout ce dont on lui parlait, il ne saurait pas le retrouver dehors. Il aurait à livrer des guerres continues et aveuglantes avec toutes les choses. À traverser la trame des nuages, la chaleur poisseuse des rues.

Sortir. On parle de ça tout le temps en

prison. Et puis un jour, sans s'être rien dit, sans y avoir pensé, ça ne compte plus. On n'en parle plus. C'était ce qui s'était passé pour Cody. Il n'attendait plus rien. Il avait l'air d'être tombé dans un état d'épuisement indéfini dans lequel il ne parvenait plus à quitter l'embarras et la maladresse de la solitude. Il semblait fatigué comme quelqu'un qui revient d'un très long voyage. Qui ne reconnaît rien. Il regardait seulement la télévision. Sans jamais se lasser. La voix infiniment douce du poste disait qu'il n'y avait plus avant ni après.

Non. Il ne se précipiterait pas dehors comme les autres. Il resterait invisible, insignifiant. Il n'avait plus rien à faire. Même tourné vers nous, c'était comme si on ne voyait plus que son dos.

Il semblait être né pour ne rien entreprendre, pour ne rien désirer. Aucune circonstance, aucun événement ne pouvait lui faire quitter sa douce et tranquille mélancolie. Il n'était plus un homme. Possédé d'une fatigue sans joie. Avec un visage simple et pacifique. Un être pétrifié dans la honte. Il semblait ne plus avoir d'âge. Dans sa démarche, il y avait quelque chose d'incertain, de troublé. Comme s'il avait renoncé à la marche des vivants.

Enfin, après plus de vingt ans de prison, il se passa cette chose inattendue, inespérée, que Cody lui-même ne sut correctement interpréter. Il fut peu à peu tiré de son immobilité. Pris par une sorte de vague prémonition contre laquelle il ne se sentit pas le courage de lutter. Il commença par se dire qu'il attendait quelqu'un. Ou qu'il attendait qu'un événement arrive. Il trouva cela incroyable, mais il sut qu'il y aurait quelqu'un contre qui il serait incapable de s'opposer. Qui aurait-il pu attendre ? Qui viendrait le chercher ? Quelqu'un touché par son malheur, désireux même d'y prendre part ? Cody avait tant de malheurs sédimentés, coagulés en lui, que ça donnait à sa personne une singulière apparence découragée et sereine à la fois.

Il entendit un jour qu'on venait. Il sut que c'était pour lui. Il se leva d'un pas chancelant. Il n'avait pas fini de boutonner sa chemise et oublia d'éteindre la télévision. Il avala sa salive avec difficulté. Submergé par une vague d'épuisement et d'impuissance. Pour sortir d'ici, il faudrait probablement être capable de se souvenir des lieux, de leurs peuplements d'oiseaux, de bêtes, d'arbres. Se rappeler de ses maladies d'enfance, de ses nuits d'amour. Accepter de dormir la fenêtre ouverte, avec le bruit infernal de la rue. Faire que le monde et les autres reviennent en soi, dans le sang, dans les gestes et les mots, dans les regards. Et Cody ne se demandait même plus si cela était encore possible. Il était tiré vers quelque chose qui l'exaltait et le terrifiait. Vers ce côté de la vie dont il ne connaissait plus rien. Qu'il avait laissé se perdre, se vider. Était-il possible qu'on ne sache plus rien de ce que l'on apprend enfant? Que la vie ne soit plus attachée à rien d'autre qu'à ce silence? Quelque chose avait dû arriver. Pas ce matin, pas hier. Une chose dans des temps préhistoriques pour lui, ensevelie dans une profondeur lourde. Il en fut impressionné. La chose venait, le prenait déjà comme une étreinte, un viol. Comme cela arrive parfois aux enfants mal réveillés. Comme on voit une eau morte s'agiter de nouveau. On venait le chercher. Le tirer de l'oubli, de l'éternelle patience qu'il avait.

Il entendit, du fond de sa cellule, les grincements des chaussures d'un nouveau visiteur. La mince litanie de voix neuves, un peu âpres et serrées. La porte s'ouvrit. D'abord, il ne voulut pas regarder celui qui entrait. Il resta figé, calme comme un tronc.

Il ne posa aucune question. Tom ne sut pas ce qu'il fallait faire. Il esquissa gauchement un geste amical. Puis il alluma une cigarette. Cody leva la tête et le regarda tirer avec gêne les premières bouffées.

L'inconnu ne portait qu'une chemise et un pantalon. Pas de cravate, pas de veste. C'était un jeune homme qui souriait timidement. Il avait une odeur de cigarettes blondes. Un souffle humide, végétal. Une sorte de parfum amer et léger. Cody resta absolument silencieux. L'air autour de lui avait cette fadeur commune aux pièces dont les fenêtres ne s'ouvrent pas. Tom sentait la rue. Les flippers, les motos.

Cody, lui, était d'une douceur désarmante. Presque effrayante. En lui serrant la main, Tom perçut comme un immense abandon. La mollesse un peu moite de l'existence consolée, le suint amer de la brebis égarée et qu'on ramène au pré.

La journée commençait à peine.

Visage épais et chiffonné, mélancolique, dos rond et frileux. Cody préféra garder son air idiot. Il était là, le visage dégoulinant de sueur, des vêtements dépareillés, trop courts pour lui. Il ressemblait à un gros animal encombrant. Tom n'osa pas lui dire tout de suite qu'il serait bientôt libéré. Il ne comprit pas pourquoi il hésitait. Peut-être n'avait-il pas envie de vérifier ce qu'il devinait vaguement. Tom se défendit d'éprouver un quelconque sentiment de pitié. Il se répéta : il n'arrivera rien. Pourtant une voix l'accusait déjà de ne pas comprendre cet homme. De vouloir s'en éloigner et de le quitter à tout prix. Il n'avait jamais vu jusque-là un homme aussi bizarre, qui ne rappelait rien ni personne. Sans beauté, sans laideur. Il se serait cru en face d'un pantin, d'un mannequin sans expression particulière. Tom frissonna.

Cody avait des cheveux presque blancs. Une légère hébétude le faisait trembler. Tom ne sut pas comment lui annoncer la nouvelle. Il contempla le lit défait, la petite table sur laquelle traînaient des illustrés, des médicaments, des cigarettes. Il y eut cet horrible sentiment de vouloir faire comme tout le monde, d'aimer les mêmes choses navrantes et rassurantes. En sachant bien que ce n'était pas la peine, que c'était trop fatigant.

Cody produisit sur lui un effet cruel, déprimant. Il remarqua au coin de ses lèvres des gouttes de salive. Des flocons de colle. Tom dit seulement : «Voilà», comme si ce petit mot résumait à lui tout seul la situation. Cody avait la tête penchée, le dos courbé comme dans l'attente de quelques coups. Il n'avait pas la force de bouger. Il avait pris racine dans ce malheur. Il ne pouvait se lier à rien ni personne. Tom ne trouvait toujours pas ses mots et sentit les larmes lui monter aux yeux. Ravalées, elles nouaient sa gorge, son estomac. Une immense fatigue le dévorait.

Cody soupira. Il avait les dents en mauvais

état. Il fit seulement non de la tête, tout doucement, pour signifier qu'il ne comprenait pas ce qu'on lui voulait après tant d'années. On aurait dit qu'il usait les dernières forces de la terre à faire non de la tête.

Tom le trouva ridicule. Mou, insipide. Avec une absence d'idées sans limites. Des mots impossibles sur le bout de la langue. Il paraissait avoir oublié où il se trouvait. À peine sorti d'un chaos que le langage n'avait pas modelé. Quelque chose d'extrême traversa l'esprit de Tom. À se pendre à la première branche venue, à se jeter du haut du premier pont croisé. Il pensa : « Que faire de lui ? » Il voulut lui expliquer quelque chose à mots couverts, en hésitant. Il se sentit gêné sans comprendre pourquoi.

Cela pouvait paraître bizarre mais Cody ne voulait pas sortir de prison. Cela n'avait plus aucune importance pour lui.

« T'as plus envie ? demanda Tom.

— C'est pas ça… »

Ce fut le premier contact avec lui. Cette haleine obscure, pourrie et acide qui accompagna ces quelques mots. Une douceur écœurante et pure de rebut, d'abandon. Face à lui, Tom éprouva le sentiment de n'avoir aucune expérience des autres. Des malades,

24

des agonisants. Le sentiment bizarre de se dire que si on ne consacrait pas sa vie tout entière, sur-le-champ, à cet homme immobile et muet, jamais on ne saurait de quoi l'autre était fait. Le sentiment d'une présence inintelligible, étrangère, oppressante – réclamant une manière d'aimer si désolée qu'elle n'existait pas, qu'elle ne pouvait pas être inventée.

Cody ne bougeait pas. L'instinct de survie éteint. Tom en avait la bouche pâteuse, les bras lourds. Pris brusquement d'une infinie et encombrante sollicitude envers la maladresse de l'existence, le désarroi de chacun. Ça sentait l'obscur, le faisandé. Un éparpillement de cendres blanches débordait du cendrier.

Cody était pitoyable.

Il lui fallut ainsi attendre vingt ans pour voir apparaître Tom. Il l'accepta d'emblée. Il n'hésita pas à montrer ce qu'il y avait de plus fragile en lui. Comme un enfant inconscient du danger, ignorant les règles du jeu. Il ressentit une soif bizarre, comme s'il avait été brûlé par l'odeur, par la présence de Tom. C'est quelque chose de ce genre qui se produisit en lui. Et dans un tremblement incompréhensible. Il s'attacha à Tom, sans aucun but, sans idée particulière. Rien que voir, rien qu'entendre et sentir l'autre. Sa présence fruitée et timide.

Dès le début, Cody confia à Tom qu'il ne voulait pas sortir de là. Avec une naïveté si grande, si simple qu'elle en était poignante. Il se jeta à corps perdu dans ce danger, dans cette peur qu'incarnait Tom. Ce fut leur première rencontre. Pour autant que le silence, l'abandon pussent mériter le nom de rencontre. Tom aurait aimé l'encourager. Il n'y parvint pas. Cody avait une franchise désarmante qui le laissa perplexe et mal à l'aise. Tom eut peur de bouger, de parler. Il percevait sans la comprendre cette résolution ferme et irréversible dans laquelle Cody était muré. Et quand, pour la première fois, il croisa son regard, un bref instant, il vit que les yeux de Cody avaient quelque chose de dur et même de sauvage, par moments. En même temps, on aurait dit le regard d'une grosse bûche impossible à remuer.

Les yeux enfoncés, presque cachés. Cody avait ce regard anéanti d'un homme qui n'a pas dormi depuis longtemps. Il eut beau faire des efforts pour tout se rappeler, c'était comme si rien ne tenait ensemble. Tom lui parut dangereux, répugnant parce qu'il portait sur lui comme la fraîcheur d'un baiser de traître. Cody lui en voulait d'être venu là. Apporter ce puzzle d'émotions, de sentiments oubliés. Et la ville déchaînée, la canicule des rues bondées, une quête vide. À cause de cela, Cody prit peur. Il eut un petit rire grêle. Le rire particulier et irritant des hommes trop longtemps seuls, des vieux garçons qui ont un peu d'embonpoint. Le rire aussi de quelqu'un qui s'aperçoit qu'il a failli tomber du haut d'une falaise. Tom ne le regardait pas vraiment. Il avait l'air de supputer ce qui pouvait bien se passer dans la tête de Cody. Au bout de quelques instants silencieux, Tom devint pâle et tendu comme s'il redoutait déjà quelque chose. Comme s'il avait entrevu l'ombre d'une bête féroce.

Il ne se passera rien, se disait Cody. Ce serait trop fatigant. Rien ne méritait plus d'être vrai, d'être rendu possible. Il fixait Tom sans le voir. Comme s'il voyait quelqu'un d'autre ou autre chose. Il sut indistinctement qu'il ne retrouverait rien dehors. On avait marqué sur lui une autre vie, comme à l'aide d'un fer. Une vie exsangue qui ne pouvait plus le quitter et qui était sans langage, qui était sienne, incommunicable, privée de la mollesse confortable du monde.

«On va te sortir de là», murmura Tom.

Cody fut terriblement gêné. Embarrassé. Ce fut si cruel que les larmes forcèrent quasiment ses yeux. Comment ferait-il? Comment faire pour tout retrouver dehors? Il y avait

27

tellement cru, les premières années d'enfermement, qu'aujourd'hui cela ne pouvait plus arriver. Il sentait qu'il n'avait plus rien comme il fallait. Plus de langue pour parler de l'ordinaire des jours et des heures, plus de regard pour comprendre les paysages. Plus de voix pour parler correctement aux autres, du temps qu'il fait, des nouvelles. La musique lente et douce de sa voix ébréchée balbutiait à peine des choses avec lesquelles son corps n'avait plus eu de contact depuis des années. Il traînait déjà des pieds. Ce serait une incroyable corvée de sortir de là, un immense calvaire.

«Ne t'inquiète pas, dit Tom. Tout se passera bien. Tu te demandes comment ça sera pour toi dehors, ce qu'il faudra que tu fasses, ce que tu auras oublié, ce qui aura changé... Tu te demandes si tu seras à la hauteur. Si tout sera aussi beau que tu l'as imaginé durant toutes ces années. Il n'y aura que toi pour répondre. Tu seras seul devant tout ça, et tu t'en tireras. »

Après un silence, il ajouta : «Ça va te faire mal. »

Il aurait voulu dire : Tu es comme un enfant dans le noir.

Cody fit des efforts pour écouter Tom, l'éducateur. Il parlait d'une façon différente. Comme quelqu'un qui s'adresse à vous d'une autre rive. Comme la voix d'un appel qui vous parvient enfin. Un appel impénétrable. Dans cette voix lointaine, Cody entendit la rumeur menaçante et belle du monde. Il sentit derrière les murs humides chauffer le soleil, l'air lourd et oppressant des rues, l'haleine des gens pressés.

Tom eut brusquement honte. Il découvrit avec stupeur qu'il avait honte d'être là, d'avoir dit ces paroles. Il contemplait ce gros type immobile, cet oiseau paresseux qui semblait attaché au silence comme par un cordon ombilical.

« Crois-moi, lui dit-il avec désespoir, il est temps que tu retrouves le monde, que tu aies une nouvelle vie. »

Cody pleurait doucement.

« Qu'est-ce qui t'arrive ? demanda Tom encore.

— Rien… Rien. Je crois qu'il ne vaudrait mieux pas que je sorte de là. »

Sa voix ressemblait à celle de la télévision. Avec une courtoisie appuyée et une impression de parler à tous et à n'importe qui.

Il répéta : « Il ne vaudrait mieux pas, voyez-vous », et Tom l'écouta sans comprendre. Il parlait d'une voix lente, lourde, comme à regret.

Il y eut soudain, ce jour-là, comme une fraîcheur dans la cellule, qui survint en même temps qu'une odeur sucrée, appétissante, qui fit pleurer Cody. La nouvelle de Tom avait l'inaccessibilité du monde. Elle était d'une évidence insurmontable. Cody revit des pics enneigés, des fleuves qui se jetaient dans la mer. Un ciel couleur vert d'eau. Il se sentit mort, éteint. Mort de fatigue. Sans voix, sans force. Ebahi, tremblant de ce qu'il ne comprenait encore que de façon confuse. Il le comprend mais pas tout à fait sans doute. Il ne fit aucun mouvement particulier. Même pas celui d'accueillir Tom. Il ne chercha pas à lui demander pour quelles raisons on avait décidé cela. C'était une erreur, pensa-t-il immédiatement mais sans manifester le moindre étonnement. Sans protester. Avec simplement une grande indifférence, une sorte de placidité morne, animale. On avait probablement confondu des dossiers. Car Cody ne se souvenait pas avoir demandé quoi que ce soit.

Pourtant il s'était attendu à cette visite. Il avait imaginé cette erreur et, depuis longtemps, il s'y était préparé. La tête légèrement penchée sur l'épaule, les bras serrés contre lui, il souriait entre les pleurs. Quelque chose d'obscur et de gelé s'enroulait dans son cœur. La nuit rampante, parfumée du monde. Une nuit claire. Il avait peur « sans raison », disait

Tom, oh oui, peur sans raison comme un coq égorgé bat encore des ailes.

— Mais comprends donc. Essaie de comprendre. Tu seras bientôt libre.

Tom parla d'un tas de choses ce jour-là : Cody verrait un monde nouveau dehors, un monde dont il ne connaissait rien. Tom lui apprendrait tout. Cody écoutait à peine. Le regard désarmé. Il y aurait les cinémas. Le ciel blafard. Les pornos à la librairie des gares. Des jours de chance qu'on dévore comme les entrailles crues d'un poisson. Il y aurait des guichets secrets, des miettes sur des tables, des flaques d'eau glacée. Des minceurs, des fuites de femmes...

«Je sais bien... C'est difficile à comprendre. Si pourtant tu essayais», murmura Tom.

Il vit son corps à l'abandon, ses bras croisés de peur, ses ongles noircis et rongés. Les couvertures de laine s'étaient effilochées sur sa barbe de la nuit. Il vit qu'il retenait son souffle. Effrayé comme si la terre venait de s'ouvrir sous ses pieds. Absolument découragé. Un homme sent ça tout de suite chez un autre homme. La peur qui enlève la force. Et qui a usé l'orgueil élémentaire de la vie.

Un curieux sentiment d'amitié flotta. Cela déplut à Tom. C'était quelque chose d'embarrassant qu'il ne contrôlait pas. Il se sentait pris par une obligation infinie. Soumis à un impossible devoir.

Dès cette première fois, Tom pensa qu'ils auraient pu devenir des amis. Et ce sentiment lui fit peur. Dans sa douceur, dans sa résignation, Cody faisait planer sur toutes les choses une menace encore imprécise. Très vite, machinalement, il chercha à s'agripper aux bras de Tom. Il le fixait avec une attention minutieuse, patiente, comme pour dire : « Mais que me veux-tu ? » Une sorte de force vaine surgit entre eux et les immobilisa. Ils se regardèrent fixement dans les yeux, fascinés par l'autre.

Tout était étrange et bizarre. Il semblait que Cody n'imaginait rien de possible dehors. Qu'il ne manifestait plus aucune curiosité. Il serait simplement resté là jusqu'à la fin. Rien qu'un peu rester, murmurait Cody comme un enfant. Seulement regarder la télévision. Et puis dire adieu.

Tom était submergé d'une vague tristesse agacée.

Cody sut d'emblée qu'il allait vivre une expérience arrachante. L'expérience de ce qu'aucune parole ne pouvait nommer correctement.

Une chose lentement issue des profondeurs revint lui faire peur. Cette chose prenait possession de lui et se logeait en lui où naît le langage. Peut-être cette chose déchirante venait-elle de très loin, de l'époque où il ne savait pas encore parler, et quand les premiers mots qui font trembler nos lèvres nous refilent la peur de ne jamais savoir parler comme tout le monde. La même peur de ne jamais savoir lacer correctement ses chaussures. Cody se sentait blessé. Les façons souples, désinvoltes de Tom lui firent honte. Cette peau d'abricot, ce regard brillant accusaient un monde nouveau et caché. Témoignaient d'une paix impossible. C'était chair contre chair. Une chose si étrange, une chose si morte en lui et qui semblait vouloir renaître.

Il y aurait le frottement et la rude caresse du monde extérieur, les méandres des rues, les cuisses des femmes.

Il y aurait, pensa encore Cody, le temps perdu à rattraper. Une responsabilité infinie. Des horreurs qu'il faudrait secourir. Un rire silencieux le dévorait jusque dans le ventre. Un rire imbécile et malheureux. Il se mit à veiller toutes les nuits en pensant à ce qui l'attendait dehors. À ce mélange de pardon et d'oubli qui devait régner.

Tom murmurait : « De quoi as-tu peur ? »

Pas de réponse vraiment. Cody n'eut jamais le courage de finir ses phrases, d'aller au bout de ses pensées. Il n'imaginait plus que des choses toutes bêtes auxquelles personne ne pensait plus. Comme manger des esquimaux, boire un verre sur une terrasse, voir des bateaux sur un port.

Tom revint souvent le voir. Cody n'exprimait rien de particulier. Il n'avait que des sujets insignifiants, de minuscules préoccupations : trouver du feu pour ses cigarettes ou un verre d'eau pour sa toux. Tom en était effrayé. Pourtant ce qui l'emportait le plus souvent, et malgré lui, c'était une impression confuse de sympathie et de bienveillance. Une sorte de joie idiote et sans raison. Oh ! une tiédeur terrible de pelage, de toison. Ce malentendu augmentait à chaque visite, avec l'idée de devoir quelque chose d'urgent à cet homme découragé. On ne savait pas quoi précisément. On se sentait prêt à tout. On accepterait et on supporterait tout. N'importe quelle honte et quelle humiliation. C'est ainsi que la chose se dit en lui, aux débuts. Qu'elle trouva une issue, une voie insoupçonnée en lui. Dans quel but ? Tom ne le savait pas. Mais il sentait que son cœur s'ouvrait.

Le découragement de Cody représentait une tâche extrême. Un devoir obscur et modeste. Humain.

Humain comme bavardage. Humain comme rire, comme misère. Et comme « Tu peux compter sur moi. »

3

Le découragement était dans chaque par-
celle de l'air. Il pesait dans la moindre poussière. C'était une maladie sans symptômes
particuliers mais qui s'attachait à vous avec
une indélébile opiniâtreté. Cela occupait
tout l'espace, tout le temps. Comme s'il n'y
avait plus de raccourci possible.

Année après année, Cody avait senti ses
forces l'abandonner. L'envie de dire quelque
chose de très important le quitter. Quelque
chose dont il ne se souvenait plus très bien
mais qui devait sans doute porter sur ce qu'il
y avait d'étrange et d'inconfortable à être ainsi
coupé du monde. Il avait beau essayer de tout
se rappeler, la façon dont c'était dehors,
dont on vivait sans murs, sans fouilles, sans
parloir, c'était comme si rien ne tenait
ensemble. Les choses les plus simples qu'il
pouvait encore imaginer étaient pleines de
menace. Il en était même à se demander s'il

avait bien connu tout cela autrefois. S'il n'avait pas été toujours là. S'il avait connu d'autres lieux. D'autres hommes que ces hommes sauvages, désespérés.

Ces hommes, que l'inaction et l'attente rendaient tous les jours plus malheureux, plus irritables, formaient une pauvre foule immobile qui se regardait avec honte, avec haine. Parmi eux, Cody souriait comme dans un cauchemar. On avait l'impression qu'il ne comprenait pas qui il était. Qu'il s'étonnait seulement parfois de ne plus s'étonner de rien. On l'avait isolé rapidement. Les autres ne supportaient pas sa tranquille paresse. Ni sa douceur. Il répondait à peine à leurs questions. Il souriait et ne se sentait jamais offensé. Il buvait lentement un peu d'eau, il regardait silencieusement – quand on le lui permettait – la télévision où l'on montrait de grandes choses vénérables. Il était devenu l'étrange symbole d'un bonheur de vivre découragé. On ne se soucia plus de son existence.

On ne le prit jamais en pitié vraiment. D'un haussement d'épaules, il se détournait de nous, ses persécuteurs. Cody s'avançait comme un roi vers des abîmes qu'un enfant aurait été à même de lui faire éviter. Ou bien il semblait s'éloigner des autres avec la légèreté d'une bulle de savon. Il sombrait infailliblement ayant perdu le contact avec son propre instinct de vie. On avait le sentiment en le voyant qu'il regardait une dernière fois autour de lui pour s'assurer qu'on ne lui demanderait rien, qu'il n'avait rien à attendre de personne. Il serrait des mains hypocrites, allumait quelques cigarettes… On avait pensé que c'était un étranger. Qu'il allait partir doucement rejoindre son lointain pays. Vers une espèce de catastrophe peut-être.

Cody était un de ces gros types maladroits sous le pouvoir du découragement, après plusieurs années passées en prison. Gros comme s'il avait gobé d'un coup toute son existence. C'était un homme fatigué d'être debout, un homme détrempé par cette rêverie ensommeillée qu'était la vie. Pleine d'une horreur de soi douce et fatale. Depuis long-temps il ne se raccrochait à rien. Il ne luttait plus. Sans force. Comme un fleuve tari. Une simple envie de sourire, de gémir, une envie de crétin, d'immortel, qui balayait tout. Lorsqu'on lui adressait la parole, il fallait s'y reprendre à deux fois avant qu'il n'entende. L'atmosphère raréfiée, boueuse de la prison le laissait constamment à bout de souffle. Il économisait ses gestes. Blotti contre quelque chose d'invisible qui l'accablait. On le trou-vait doux, courtois même, mais épouvanta-blement ennuyeux. Il donnait à tous des envies de noyade et de disparition.

On aurait dit un saint de plâtre, aux grands yeux fixes. Comme un oiseau de nuit cloué sur une porte. En le voyant, on se demandait quel pouvoir égalait le pouvoir du découragement. Cette implacable consolation qui faisait entrer votre corps raidi de peur dans un monde en suspens, inachevé, un monde d'avant la Création. On ne savait plus. Les choses tout autour de Cody avaient un air paisible et trompeur. Elles avaient un arrière-goût de pain mâché, de lente débâcle qui vous laissait gauche et penaud. Redoutant l'invasion tonitruante des bars, les autres à l'affût. La poigne solide et admirable des autres. Le découragement, c'était la moiteur d'un lit qu'on aurait voulu rafraîchir. Le sentiment ineffaçable de quelque chose de bien trop grand, de bien trop puissant pour tenir entre vos mains. La sensation d'avoir le corps prisonnier de cet embarras douloureux. Le désir d'un esprit doux, lent, usé. Il en résultait un accord assourdi avec l'extérieur, une familiarité succincte avec le monde. Le sentiment idiot d'un renoncement sans volonté. Comme un de ces cosmonautes dans la nuit de l'espace. Une nuit glaciale, pure et sans poussière que Cody avait aperçue un jour à la télévision. Ce fut comme une louange muette à toutes les souffrances de la pesanteur sur cette Terre. L'énorme scaphandre blanc qui flottait dans une nuit profonde, au-dessus de la fatigue du monde entier, arraché à la Terre, à ses larmes. Longtemps Cody rêva à ce voyage dans l'espace dont les gars revenaient immenses, ressuscités, et sans mots.

On avait tenté sommairement de mettre un nom sur ce visage rêveur. Cody. À peine un nom. On n'avait pas cherché plus loin. Quand il se croyait obligé de parler, il sortait des banalités éraillées, tendres. «Il fait meilleur, aujourd'hui.» Imaginant peut-être que de telles choses idiotes et douces pouvaient soulager les hommes ici. Non seulement Cody agaçait tout le monde, mais, pour quelque raison obscure et impitoyable, il provoquait un malaise douloureux qui mettait les autres prisonniers dans un état d'excitation et de désespoir dangereux. Le caractère assommant de ses conversations, de ses multiples jérémiades, usait tous ses compagnons. On décida d'isoler Cody. En quelques années, il perdit totalement contact avec autrui. Si incroyable que cela paraisse, on l'oublia.

Brièvement, certaines choses idiotes et douces remontaient à la surface. Si belles et si paisibles que Cody s'endormait en y repensant. Sauvées de l'oubli. Comme les paroles des rengaines. Ou la voix haut perchée, pressante, d'une fille dans l'ombre. Des oignons frits sur du pain qu'il avalait dans un taxi qui remontait lentement une avenue déserte. Se croyant enfin réconcilié avec ceux qui ne lui avaient jamais accordé leur pitié. Pensant qu'il n'aurait plus la force de rien. Il devinait une cause qui le rendrait reconnaissant jusqu'aux larmes. Une cause invisible comme un ange, muette comme les rues elles-mêmes, comme la vie, les choses de l'existence touchantes et solitaires. Des chaussures neuves, par exemple, qui vous blessent les pieds. Un mot sur le bout de la langue. L'envie déchirante de tout arrêter qui vous traverse au moment de l'effort. L'esprit qui vous échappe à mesure que vous parlez.

Cody ressemblait à des tiges de maïs cru sur lesquelles le grain affleure à peine. Pris dans cette passivité de plante, cette solitude tremblotante d'une tige.

Il n'était plus relié au monde que par la voix de la télévision. Et l'oubli le conduisait tout doucement vers un mystère simple et brutal. Peut-être pensait-il que ce que semblaient poursuivre obstinément les autres hommes n'existait pas vraiment. Et ce dont il croyait lui-même se souvenir encore n'avait sans doute jamais vraiment eu lieu. Il regardait toute la journée la télévision, avec une incrédulité pathétique. Quand il parlait, seul, on surprenait à travers les murs le ton de sa voix maladroite, chargée d'ennui comme de poussière. C'était une interminable conversation solitaire, sur un ton suppliant, avec une note dure, gênante, presque dégradante tellement elle était crue et sans intelligence.

Puis Tom revint régulièrement le voir, instillant l'idée nauséeuse qu'il pourrait se passer quelque chose. Cody ne disait rien, faisait le gros dos. Espérant secrètement qu'il finirait bien par se fatiguer et qu'il abandonnerait.

Inlassablement, Tom répétait que Cody allait devoir sortir.

Cody avait l'impression sans arrêt que ce serait au-dessus de ses forces, le sentiment d'être foudroyé mais encore vivant. L'impression qu'en soi-même ce sont des yeux morts qui voient. Parce qu'on ne se sent plus capable de fixer quoi que ce soit. Et qu'on baisse les yeux à longueur de journée. On se tient à cette distance incertaine du monde, dans un essaim de solitude, d'ennui. La vie extérieure n'est plus familière qu'à la limite de l'audible, du visible. On est projeté, balancé à l'autre bout du monde. Rien ne devrait plus être possible. On n'arrêtera rien. On ressemble à ces travailleurs immigrés, immobiles à l'exception de la main qui tient la cigarette. Ils se sont regroupés pour attendre. Pour fumer. Il n'y a pas d'autre force que celle du vent qui souffle, qui transperce leurs gabardines mal taillées, leurs regards d'animaux égarés.

Cody avait les épaules rentrées, les bras fermés comme si on allait l'arracher aux quatre murs de sa cellule. Il avait des yeux écarquillés, douloureux.

Il raconta à Tom qu'il était arrivé ici dans une soirée d'août infiniment douce, tendre. C'était l'été. Il y avait un peu de terre dans ses chaussures. C'était le crépuscule. Dans le fourgon, les hommes bâillaient de chaleur. Cody avait éprouvé une soif terrible, dévorante qu'il n'était toujours pas sûr d'avoir bien étanchée. En descendant du fourgon, le ciel avait une couleur de vitrail brisé. La prison était comme un centre fortifié. Un lieu de soif intense qui asséchait le corps tout entier. Impossible de s'en débarrasser, d'en venir à bout. Une seule et grande sécheresse, comme un bloc de poussière, qui avait assommé Cody. Impossible d'échapper à cette sensation d'étouffement devant tous ces hommes enfermés avec lui. Le confinement, le bannissement l'avaient plongé dans un engourdissement douloureux. Cody était devenu cette figure aux paupières éternellement gonflées d'une invincible envie de dormir. Ce type mal dégrossi, ce fantôme effacé qui ne supportait même plus l'éclat ordinaire et rasant de la vie. Qui glissait les mains dans ses poches avec le geste machinal et maladroit qu'ont les hommes privés de toute curiosité, de toute envie d'entreprendre. Rien ne le faisait plus pleurer ni mourir de chagrin ou de désespoir, car désormais il avait tout quitté. Il avait tout abandonné. Oui il paraissait bizarre, misérable, enfantin. Avec la raideur fragile et immobile d'une araignée replète. Il avait la médiocrité des gens que nul mystère ne touche vraiment. Capable d'un silence servile, abrupt devant les choses qui attendaient en vain qu'il les comprenne. Leur patience de choses l'avait enveloppé. Il semblait si éternel qu'on croyait tous l'avoir croisé des millions de fois. Qu'on n'imaginait même pas avoir le droit de pleurer sur son sort. On ne voyait pas son visage immense, fatal avec cette façon de se mordre les lèvres, avec ce fard qu'avait déposé la fatigue.

L'attente elle-même s'était éteinte avec le grésillement des mégots qu'on rallume. Plus d'affût, plus de guet. Jusqu'à ce matin quand Tom surprit Cody d'un vacillement, d'une légère fébrilité semblable aux lézardes des murs.

Il entendait chaque jour au lever la rumeur des récriminations qu'on marmonne. Des pleurs qu'on déballe après avoir passé sa nuit à les envelopper contre soi, dans les replis des draps. Déjà la fatigue tombait sur les corps. Sachant qu'on commencerait bientôt à étouffer comme si on avait avalé un œuf de ténèbres. Que le désinfectant, la fumée des cigarettes, les vapeurs moites des douches prendraient possession des lieux.

Plus tard dans la matinée, pensait-on, on se sentirait mieux. Dans cette douceur découragée, désarmée où on se croyait hors d'atteinte. Oublié. Occupé à rien.

Pendant de longs moments, il gardait le silence. Regrettant la télévision que Tom éteignait dès qu'il entrait. Ou bien il dévisageait Tom, tout surpris de le trouver là. D'autres fois, il se frappait curieusement la poitrine et semblait murmurer : «Comment aurais-je pu penser que cela arriverait un jour ! » C'était comme s'il comprenait tout. L'impossibilité de sortir. Dans ses yeux, dans sa voix, sur sa peau éteinte. «Comment ça va, aujourd'hui ? » demandait Tom. Cody ne répondait pas à cette bêtise. Il pleurait.

On ne savait pas lui donner d'âge. Il pouvait avoir quarante ans comme il pouvait être beaucoup plus vieux. Tous les mardis, il savait qu'il aurait la visite de Tom qu'il n'avait ni souhaitée ni attendue. Ce serait un dernier effort à livrer, se disait-il. Une ultime compagnie à supporter. Ensuite il y avait peu de chance que cela se reproduise. Il retrouverait son existence sans vision, sans événement particulier. Il chasserait Tom.

C'était un grand mystère qui commençait. Pendant des années, il n'avait fait l'objet d'aucune attention, d'aucun soin. Tout le monde s'était détourné de lui et l'avait évité. Son histoire n'avait jamais été d'actualité. Elle avait même plutôt gêné à l'époque. Depuis il avait l'air d'un paria dans ses sinistres pantalons trop courts et ses vieux pulls qui sentaient le tabac. Aucune visite pendant des années. La cruauté toute simple, quotidienne, qui l'avait lessivé. Sans courage pour rien, avec un sourire blafard. Un découragement qu'on n'avait jamais voulu partager.

Peut-être au début avait-on cherché à savoir pourquoi il était arrivé là. Peut-être même qu'on lui avait secrètement pardonné. Il faut dire qu'on pardonne souvent aux hommes de ce genre. Parce que c'est tout ce qu'on peut faire pour eux. Cody avait gardé les mâchoires serrées, ayant tout englouti. Personne ne s'était vraiment étonné. Pas un qui n'ait frémi à la seule idée de savoir comment ils lui rendraient le courage du monde.

À l'époque, c'était un homme très jeune. Il avait mis longtemps à s'y faire. Il avait dû

45

se mentir, ne plus rien chercher à savoir, à prévoir. On lui avait dit qu'il prendrait le pli de la prison. Mouler son corps sur cette absence. Apprendre à rester au plus près de l'intolérable. À serrer de très près l'intolérable. Ce fut comme d'en mourir. Mais il s'y était fait au point de tout désapprendre.

En décidant de le libérer, on avait dû penser que cela lui ouvrirait une sorte d'avenir neuf. Qu'il finirait bien par retrouver sa place dans la large et remuante famille du monde. Puis on n'y avait plus pensé du tout. La décision prise, on n'avait pas imaginé qu'il pût se sentir démuni, pauvre de tout au point de s'interdire la moindre réconciliation. Il pourrait disposer d'un espace moins exigu. Peut-être avait-on pensé que l'adhésion à la vie était un sentiment inaltérable, avec l'obstination d'un muscle de coquillage.

Cody avait quelque chose d'inachevé sur sa silhouette. Une légère propension à l'obésité. Il avait une immense envie de dormir qui fut brutalement interrompue le jour où il apprit qu'il serait libéré. Ce fut comme la chute d'un vieil acrobate. Un de ces coups de poignard qu'on voit encore à l'écran. Avec des adultères, de la fumée dans les bars, une mer tourmentée. Et maintenant? pensa Cody. Et maintenant? Peut-être n'y aurait-il jamais pensé autrement. Tom ne disait pas grand-chose.

Cody n'avait plus d'yeux pour quoi que ce fût autour de lui. Plus de tendresse. Seule la télévision était encore possible. Le spectacle répétitif de la télévision. Mais il sut immédiatement que ce serait au-dessus de ses forces d'entrer dans un magasin, de téléphoner, de commander un crème au comptoir quand la solitude pèserait trop dehors.

Cody n'avait pas d'apparence définie. On le sentait plutôt calme d'habitude. On lui trouvait une drôle d'allure, peut-être parce qu'il ne donnait pas envie d'être mieux connu. Il n'était intéressant d'aucune manière. Et lui pensait qu'en ce lieu aucun désastre ne pourrait plus survenir, que rien ne pourrait jamais plus le toucher.

On avait imaginé qu'il trouverait doux, incroyablement doux de recevoir l'attention des autres de nouveau. Il semblait bien avoir compris notre intention, notre présomption. Et parce qu'on ne l'avait jamais habitué à être ainsi l'objet des soins et de l'intérêt des autres, il n'avait pas osé dire franchement non. Et personne toujours pour penser qu'il pourrait avoir peur de cela. De cette espèce de bonté anonyme qui ne s'adressait pas à lui en particulier mais au genre humain auquel on tenait soudain à lui rappeler qu'il appartenait.

Les premières années, plus jeune et plus

vigoureux, Cody avait tenu tant bien que mal. Il s'était souvenu de ce qu'il aimait. Il s'était accroché à ce souvenir qui avait maigri au fil du temps. Les bières pression, le bowling, les conversations au bar. Il avait même pensé qu'il retrouverait tout cela un jour. Avec l'idée un peu stupide que tout avait été embaumé quelque part et qu'il suffirait de souffler sur la poussière. À cette époque, à ses vingt ans environ, il n'avait senti peser sur ses épaules le fardeau d'aucune responsabilité. Il ne souffrait pas encore de cette perpétuelle lassitude, de ces nausées provoquées par le silence lui-même, par la succession des heures qui étaient comme autant de petites morts. Puis il s'était créé une sorte de vide à l'intérieur duquel Cody avait perdu la confiance brutale qu'il avait en lui-même, en une vie simple et violente. Maintenir en soi les derniers feux, le désir et la curiosité la plus banale des moindres instants de l'existence avait occupé tout son corps, toute sa tête. Il en avait perdu ses forces, son caractère de brave. Il était devenu idiot et doux.

Il voulait peut-être mourir là, pensait Tom.

Il se rappelait à peine le ton effrayé et réprobateur de ceux qui lui avaient demandé s'il regrettait ses actes. Il leur avait simplement dit qu'il avait voulu faire des choses merveilleuses, bouleversantes, terrifiantes. Que le rythme de la vie lui avait paru infini. Il avait eu du mal à prendre un air coupable. Après il s'était senti abandonné, débordé. Ce devait être ça le remords qu'on avait voulu lui arracher.

Il y avait eu la dernière lettre de maman où elle avouait qu'elle ne pouvait plus dire aux autres qu'elle avait encore un fils. Elle ajoutait : «Ton père, tu l'as tué.» Sa lettre finissait là-dessus.

Il s'était cru inextirpable. Avec l'instinct d'oubli, l'instinct de silence qui usait tout. À force, comme on dit, il n'avait plus eu envie de se souvenir. Plus envie d'imaginer rien d'autre que cette léthargie mortelle qui enveloppait tout. Certain que les hommes ne cessaient pas de se mésentendre. Il ne voulait pas que la vie s'écoule ailleurs. Là, comme dans un nid fané, séché. Transi, raidi d'une résistance inévitable et absurde.

C'était un homme privé d'histoire pour toujours. Privé du réflexe d'histoire. La seule histoire qu'il avait voulu vivre, on la lui avait fait payer suffisamment cher. Cody était demeuré doucement plongé dans ce temps mystérieux, recroquevillé de la prison. Il avait connu un grand malheur pacifié, éreinté, qui était tombé sur lui à la façon d'un brouillard givrant de février. C'était un malheur qu'on ne tutoyait jamais. Quelque chose qui manquait de réciprocité. Qui ne devait jamais en connaître.

Quand Cody passait dans les couloirs de la prison, on ne voyait que son dos aveugle, droit comme un couteau. Il regardait autour de lui avec soupçon. Comme s'il s'était attendu à recevoir un coup. On se moquait de lui parce qu'il avait dit un jour à l'aumônier qu'il n'accepterait jamais de sortir d'ici. «Comme c'est triste. On ne doit pas parler ainsi», avait répondu l'aumônier. «Oui, avait répété Cody en se caressant la mâchoire, je n'en serai pas capable. D'ailleurs, je n'y pense plus depuis des années. Je n'imagine pas d'autre chose possible.» Bien sûr, tout le monde ici s'était rassuré en se disant que Cody était malheureux comme les autres, et personne n'avait voulu croire qu'il puisse réellement avoir envie de rester là. Cette idée avait fait si peur aux autres prisonniers qu'ils s'étaient mis à le haïr.

Il ne tremblait plus comme autrefois du désir de se palper le corps. En chantonnant. Il ne partageait plus avec les autres ce désir qu'il trouvait trop fraternel. Quand il parlait, c'était avec des mots silencieux très doux, avec les mots des personnages des feuilletons télévisés. Ces personnages étiolés, ces figures creuses qui répétaient sans cesse : «Faites que rien ne s'arrête.» Ces petits personnages vides qui basculaient d'un épisode à l'autre dans les pertes et profits. D'ailleurs, Cody leur ressemblait un peu. Il leur avait emprunté ce mélange lugubre,

50

salvateur d'incongruité, de bêtise et d'ennui qui le rendait à la fois vulnérable et confiant comme un chien abandonné. C'était leur minceur qu'il aimait, le goût douceâtre qu'ils lui laissaient dans la bouche à la fin de chaque épisode. Sa silhouette informe se fondait dans la même tendre grisaille. Seulement capable de gestes, de paroles, d'idées parfaitement recyclables. Des prières de gens pauvres. Des déchets de prière comme «on n'y peut rien». De lui, on ne voyait plus qu'une silhouette idiote, opaque sur le point de se disloquer. La vie semblait se décoller lentement, et flotter sur lui comme un vêtement trop grand, un peu défait. Il pensait vaguement que le monde extérieur était en voie de décomposition et peuplé de personnages aimables et transparents. Tout au fond de lui, il y avait quelque chose de féroce et d'éternel qui dansait sur la musique de *Santa Barbara*.

Depuis le début, c'était le type calme de la bande. Un concentré de chagrin, de bêtise majestueuse, et de regards furtifs sans repos. Epais, d'un pas vacillant et drôle, face à la vie comme une sorte de Nestor titubant, découragé, aux portes de Troie. Plongé dans la rêverie héroïque d'un enfer sirupeux de bagarres et de «happy ends» échevelés. Cody passait des heures dans une transparence innocente, en compagnie de la télévision qui

51

avait établi sa puissance derrière les yeux de cet homme sans force. Sans don aucun.

Il guettait les lèvres entrouvertes de ses héros. Ce désir de fausse résurrection qui les faisait ressembler à des santons de plâtre, vêtus toujours comme il faut.

Il parlait d'une voix atone comme si les mots pesaient dans sa bouche. Il ne posait plus beaucoup de questions. Sauvé par la volonté invisible de la télévision. Par cet aveugle pouvoir de consolation qu'elle émettait. Il ne se demandait rien d'autre. Froissé, tiédi au contact lumineux de l'écran. Habité par la voix apitoyée du narrateur télévisuel. Une drôle de voix de vipère attendrie, bouffie, sucrée et un peu défraîchie. Qui appartenait à des hommes plein de bonhomie avec des coups de soleil et une odeur de crème à raser bon marché. C'était pourtant la dernière voix humaine qui s'élevait en prison, avant l'extinction des feux, quand les gars tirent désespérément sur leurs mégots froids, qu'ils rêvent à d'autres corps blancs et doux comme du fromage frais. Qu'ils s'en mordent les lèvres jusqu'au sang. Ils veulent chasser l'abominable évidence de l'extinction des feux, des rondes, des humiliations nocturnes. Ils voudraient s'éteindre, à bout de forces, s'abattre comme des arbres gelés dans la neige de l'écran mort de la télé. Plonger, tête baissée, déjà K. O., dans ce monde courtois et poli, hanté par des types en pardessus beige, qui n'en finissent pas de descendre de voitures de sport rutilantes. Et croire comme des enfants à la bonté de pacotille de ces récits fragiles, saccadés comme le pouls des malades. Oh! croire comme des nonnes et des saints au grand rafistolage nocturne de la télé qui farcit de voix désincarnées la solitude des êtres comme on farcit des volailles plumées.

Il n'y avait que la surface lisse et brillante de l'écran de la télé. Impossible de croire à une chose pareille avant d'avoir été entaulé des années et des années. Pendant que les autres dehors avaient passé leur temps à se taper la cloche, à faire des enfants… Quand on est au bout du rouleau, et seul comme l'avait toujours été Cody, la télévision tenait du miracle. De simples formules creuses, des arguments vides et limpides dépourvus de toute cette matière vivante qui vous colle au cœur, aux bronches, comme de vilaines blessures. Et qui vous pousse à aimer, à prendre, à marcher.

Ce monde est vivant, pensait Cody devant le vieux téléviseur qui ronronnait presque. Ça renaît constamment et superbement à la vie. À une vie douce. Il ne voulait pas oublier ça, le monde vivant de la télévision. Il n'osait plus affronter d'autre monde.

Le reste s'était effacé. Cody avait vieilli en

prison. Personne pour le lui reprocher gentiment. Personne pour lui dire d'une petite voix aigre : «Maintenant, tu as des rides, mon vieux. Maintenant, tu as des cheveux blancs.» Lui-même n'avait pas gardé ses photographies d'autrefois. La prison avale tout.

Cody voulait y rester le plus longtemps possible, effrayé à l'idée qu'il serait obligé d'en sortir un jour ou l'autre. Ce devait être la même route impitoyable pour entrer et sortir. Il pensait souvent qu'un peuple entier habitait ici avec lui. Un peuple d'hommes en ruine, erratique, hasardeux. Comme une race qui demeure en compagnie de choses qui durent à jamais. Dans l'absence de pardon. Sans l'appui familier du langage, sans contact autre qu'une promiscuité honteuse, sans apprentissage d'aucune sorte. Sans leçon. Il y en avait pas mal des comme lui. Et qu'on avait attrapés, qu'on brisait, qu'on transformait en bêtes sauvages. Devant sa télévision, Cody disait qu'ainsi allaient les choses, qu'il ne pouvait guère y avoir d'autres façons de faire aller le monde, qu'on ne pouvait rien espérer d'autre.

Il avait cru qu'il resterait tout près de cette sollicitude muette, complice, qu'apportait le rythme de l'enfermement. Il ne voulait rien changer, fût-ce pour son propre bien. Il disait sur le même ton des femmes trahies des séries de treize heures trente : «Il est trop tard

54

pour ressusciter. » Préférant les murs moisis, les sols défoncés, l'élan immobile de la prison. Un élan sans réciprocité. Jeté que vous étiez là-dedans. À force, un mouvement vous gagne. C'est un rassemblement acide de tout l'être. Un recueillement transi où l'on se débat et s'abrite à la fois.

On ne sait même plus ce que sont les gens dehors. Les gens ordinaires qui disent vouloir fuir les regards indiscrets. On ne sait plus le don mystérieux de la langue, l'élan confus qui vous pousse contre l'autre. Vos lèvres y ont perdu le goût de raconter quoi que ce soit. Perdu le souci du temps qu'il va faire, de la façon de se vêtir et de soigner les rhumes. Bien content encore qu'il y ait la télévision. Les choses idiotes et douces qu'on aurait oubliées sinon.

Cody était étourdi en permanence. Dans cette existence à ciel fixe, sans création, sans but. Après si longtemps, c'était comme s'il n'avait hérité de rien. Il se sentait léger. Creux. Enlevé de la terre comme les saints des vieilles Ascensions.

Il avait fait la liste des objets qui lui avaient appartenu. Elle était sûrement incomplète mais c'était tout ce qu'il avait gardé de la vie matérielle, de la vie extérieure. On lui avait installé la télévision pour qu'il soit tranquille – mais il serait de toute façon resté tranquille. On disait qu'il fallait se méfier des hommes trop doux.

Cody avait été ouvrier dans le nord du pays. Ouvrier agricole sur de grandes plaines céréalières. Il y avait de cela très longtemps. Avant même que son cœur ne se soit solidifié loin de la terre qu'il avait travaillée. Loin de la vie tiède qui sentait le poil chaud d'une bête. La prison avait déporté la vision de la terre, de la vie loin de lui. Lent effort d'éradication que son corps avait accompli presque sans conscience. La terre n'était plus là. Elle s'était détachée de lui. Elle n'avait plus d'axe. Cody n'aurait pu aller nulle part à présent. La terre, la vie elle-même l'auraient intimidé jusqu'à la mort. Et puis, on ne travaillait déjà plus la terre comme dans le temps. Il était entré en prison à vingt ans environ. Il avait quitté ses bons vieux copains, les bières qu'on s'envoyait en hurlant de joie et de chagrin, la mousse au bord des lèvres, le car qu'on attrapait toujours de justesse pour filer au travail dans les fermes des autres. Les bains nus dans les torrents sales. Les têtes violacées des hommes dans le café à l'heure de l'apéro, ou qui se fixaient devant la télévision pour un match de foot et qu'on arrosait de gnole et de café brûlant. Les repas de spaghettis dans les salles communes. Il se souvenait à peine avoir été debout parmi les autres hommes. Et il tremblait encore en imaginant cela. Quand il riait à gorge déployée, pour un oui, pour un non. Sans comprendre. Avec une violente érection parfois dans la nuit frêle, à se demander alors quelle sorte de bête il était. La vie crevée, quoi. Enfuie par la bonde d'un évier. Et maman qui répétait inlassablement comme une Parque fragile et sans poitrine : « Cody, qu'est-ce que tu vas faire de ta vie ? »

Mais il ne se rappelait plus avoir été vraiment jeune ou vraiment amoureux. Dans la tristesse d'une existence sans argent. Oh ! pleine de sales idées lumineuses. Et l'extrême lenteur de ses mouvements ne laissait pas deviner qu'il ait pu un jour travailler, ou accomplir quelque violence réconfortante.

On l'avait cueilli au milieu de la nuit. À l'heure furtive où on meurt dans les hôpitaux, dans les asiles. Sur son matelas nu. Maman buvait encore un café dans la cuisine. Elle avait tendu une main vers le sucrier et ne put jamais achever son geste. Ils avaient fait irruption de tous les côtés, accompagnés d'armes noires, de chiens muselés. Maman était restée assise, la tête entre ses mains. En larmes, n'essayant même plus de comprendre ce qui

se passait. Les flics n'avaient rien dit. Il avait
neigé sur leurs uniformes bleus. Leurs mains
qui avaient habillé et traîné Cody dehors
étaient coupantes et glacées. Cody n'avait
opposé aucune résistance. Ce n'était pas son
genre. Quelque chose en lui savait vers quelle
catastrophe il avait roulé. Quelle fausse direction il avait prise. Un vertige lui était passé
dans les yeux. Un vertige tremblant. Comme
une de ces maigres palombes affamées qu'on
tirait paresseusement à l'automne et qu'on
avait un mal fou à retrouver dans les feuilles
sanglantes des sous-bois. Maman ne l'avait
même pas regardé partir. Le nez dans son café
froid et amer. Avec des pensées de maman
méprisée, exploitée, humiliée.

Peut-être avait-il dit quelque chose du
genre : «Empêche-les, maman, ils vont me
tuer !» Il s'était souvenu d'une immense
envie de pisser. Plus tard, maman était sortie
dans le jardin. Attirée dehors par un chagrin
terrible. Elle eut l'air de flotter. Déjà presque
un fantôme d'amour et de peine. Elle avait
été trop terrifiée pour appeler à l'aide, pour
retenir les choses ou empêcher quoi que ce
soit. Elle avait revu son fils avec douceur. Cet
adolescent faible et brutal. Ce corps de val-
lées, de fuseaux fiévreux. Elle l'avait senti
cabré, alarmé. Elle ignorait tout de ses jeux.

Peut-être Cody avait-il murmuré «Adieu».

4

Il y avait chez Cody un trait curieux. Une façon de tout observer autour de lui avec un regard illimité. Comme s'il était prêt, à tout moment, et sans sourciller, à entrer dans la cage d'un fauve. Il faisait preuve également d'une ponctualité méticuleuse, d'un souci de l'ordre et du règlement qui faisait peur aux autres.

En prison, l'appel silencieux des temps disparus avait figé tout son corps. C'était une privation que Cody ne pouvait comparer à rien d'autre. Seule la télévision était humaine et capable d'un peu de mémoire, d'actes de bravoure. À peine civilisatrice mais nécessaire à la survie de l'humanité. Espèce vivante, maussade et paresseuse. Il régnait dans la télévision une sorte de paix. Une résignation rayonnante.

On n'avait jamais fait bien attention à cet homme épais, gémissant. Il avait cru qu'il serait coupé du monde pour toujours. Trop de fois il avait pensé : «Faut que j'essaie de m'en sortir. » Et depuis de nombreuses années, le sourire le plus terrifiant de Cody, pour ce qu'il révélait de caché, était celui qu'il opposait à quiconque tentait maladroitement de lui donner du courage. Il semblait dire qu'il n'en avait pas besoin. Avec une angélique douceur, il se montrait incapable du moindre effort, incapable comme un nourrisson du plus petit sacrifice. On lui avait appris que maman était morte. Et il s'était simplement souvenu qu'il ne s'était jamais débrouillé sans elle. Que si un jour il devait sortir de prison, alors qu'elle ne serait plus là, il tomberait dans le vide.

L'usure était venue des longues heures passées à «bâtir des châteaux en Espagne», comme disait curieusement maman autrefois à Cody qui rêvassait. En prison, il avait développé les moindres détails, avec une ardeur et une certitude qui avaient avalé toutes ses forces, tout son courage. L'existence n'y suffirait jamais ! Les mois et les années s'étaient empilés; il avait eu le souffle coupé par l'imagination trahie, par le doute. Il ne s'était pas passé une seule journée, juste une, où il n'avait pas souffert de la perte progressive de la mémoire du monde. De sa logique, de ses éléments les plus simples. Comment s'ouvrait-on aux autres? Et comment se glissait-on dans l'air, dans le feu du vent? Alors il devint ce prince hébété, sans mots, sans idées, qui savait qu'il n'aurait plus besoin de régner sur une contrée perdue, à jamais inaccessible.

Il finit par passer toutes ses journées à regarder la télévision. L'indigence des mots, la troublante vulgarité des corps le délassaient. Cody n'avait plus que quelques répliques creuses sur le bout de la langue. Il ne voulait plus sortir de prison. À peine se souvenait-il de la façon dont se nommait ce qui n'était pas la prison. Y avait-il jamais eu de mots pour cela?

Il croyait que les choses essentielles de la vie avaient été réglées une bonne fois pour toutes. Qu'il n'y avait plus que ce lieu où il fallait supporter la honte, la violence. Avec le seul espoir d'en ressortir un jour sur les ailes d'une fierté retrouvée d'un bloc. Et puis même cet espoir s'évanouissait. C'était pourtant le seul espoir de la plupart des gens ici. On pensait que c'était trop beau. Comme ces terribles journées écrasées de chaleur; on sait bien qu'elles s'achèveront par un orage pourri. Par la haine impuissante d'un orage.

C'est ainsi que s'éteignit la foi toute bête d'une vie nouvelle. De retrouver la paresse du dehors, les envies floues de la vie de tous les jours. Cette minceur, cette fragilité du possible qui vous étreint dehors. Cette joie sans raison, cette espèce de joie contagieuse qu'ont les gens, les vivants. Histoire de s'accrocher à l'existence.

Après l'apparition de Tom, Cody changea. À peine levé, il pantelait déjà comme un chien. Même les murs semblaient épuisés quand il comprit qu'il allait devoir repartir à zéro. Non, rien n'était jamais réglé. Il y avait encore un prix à payer que la prison n'avait pas payé. Une dette qu'elle n'avait pas effacée. C'était le prix à payer à la sortie. Pour connaître l'émergence du neuf, du monde libre. Cody avait pensé que ce serait un prix énorme, insupportable. Il y aurait des formes, des apparences compliquées, il y aurait plusieurs mondes auxquels il savait n'avoir plus le don d'appartenir.

Dans la pénombre de la prison, le monde extérieur lui paraissait très lointain. Et les mots qu'employait Tom pour lui décrire la vie dehors lui parurent dénués d'intérêt et totalement inconnus. Cette seule idée de sortir, de retrouver la vie des autres, le rendait malade. Tom, l'éducateur, avait quelque chose d'inexplicablement sinistre. Il espérait voir Cody faire un geste, pousser un cri, dire une plainte qui l'aurait libéré et aurait permis qu'on se porte à son secours. Mais Cody était trop gêné de se savoir ainsi livré à cet homme. D'ailleurs, loin d'aller mieux, à l'annonce de la nouvelle de sa libération prochaine, il était plus faible, plus nerveux également.

Tom venait sonder en lui quelque chose d'étranger, de lointain. Une chose que Cody ne soupçonnait plus ni même n'osait essayer de comprendre. Ça devait aller, pensait-il, avec ces chaussures à semelle de crêpe qu'on lui avait offertes, avec ces vêtements dépareillés. Des vêtements de sortie, un peu rêches. Avec lesquels il pourrait quitter la prison. Changer de vie.

Tom parlait. Cody ne l'écoutait pas vraiment. Il semblait ne pas faire partie, à ses yeux, des personnes susceptibles d'avoir un discours intéressant. Quelqu'un qui ne possédait aucune des qualités dignes de son étrange admiration. Cody avait l'esprit vide. Il ne pensait avec angoisse qu'aux détails pratiques qu'il lui faudrait résoudre une fois dehors. L'horaire des trains, comment acheter à manger, où chercher une chambre pour la nuit, quels vêtements porter selon le temps, etc. Les yeux clos, les bras raidis, il voulait repousser Tom. Rester à la place qui lui était assignée. Tom pensa qu'il aurait pu être mort. Ou gisant.

Cody allait bénéficier d'une libération provisoire. Il serait transféré dans un quartier de semi-liberté. Il suivrait un stage de réinsertion le jour et reviendrait passer ses nuits en prison. Il pourrait passer dehors certains week-ends.

Il était consterné. Quand Tom entrait, il ne s'asseyait pas. Il tâchait de se tenir à distance. Tom lui demandait d'éteindre la télévision, de marcher un peu, de parler doucement. Comme cela, ensemble, ils allaient s'essayer au monde. Après vingt ans d'isolement. «Comment ferai-je pour vivre sans les murs?» demanda Cody. Il voulait savoir simplement comment il faudrait s'accommoder des parterres de fleurs, des autoroutes, des magasins. Cody tordait ses mains en écoutant l'éducateur. Une tristesse insurmontable, à en pleurer, s'abattait sur lui. Il avait envie de dire il ne savait plus quoi au juste – il n'avait jamais su vraiment. Jamais rien su d'autre que les pauvres dégagements en touche des «guest stars» qu'on ne revoyait jamais à l'écran. Dehors, pensait-il, il tournerait en rond, il fumerait toujours ses mégots jusqu'au bout, à s'en brûler les doigts, il garderait dans ses poches la peau cireuse des oranges du réfectoire à sucer pendant les longues nuits d'insomnie.

«Attends, disait-il à Tom, attends un peu que je me fasse à cette idée, que tout cela se tasse en moi.» Il faisait des efforts de conversation. Une intonation étrange dans la voix, copiée à d'innombrables petits héros ânonnant, blasés. Dans sa bouche retentissaient de façon poignante, bizarrement convaincante, des mots de rôles américanisés. Des répliques de doublures. À l'aide de tout cela, Cody bâtissait un récit naïf et désolé. Un monologue décousu qui n'était en somme qu'une tentative maladroite de rachat. Tom l'écoutait poliment. Cody parlait avec une foi abstraite dans les mots, une foi âpre et douce, sans chair, sans espoir de dire vrai ou de toucher au but. Croyant faire sonner la réconciliation comme il se souvenait vaguement avoir fait tinter des verres, des pots d'adieu, dans des cuites à en mourir.

La seule idée de sortir quelques heures lui filait une frousse d'héroïne plaquée. Savoir qu'il allait devoir changer de lunettes, qu'il aurait à réapprendre à se tenir dans un espace immense. Sous la voûte nue du ciel. Il devait se préparer à ce grand moment, tendre son être vers le cri fatidique et muet : *dehors*! Il serait encerclé, dupé, cerné. Il voulut imaginer quelque chose. Il ne vit rien. Il avait constamment chaud et froid à la fois. Il s'agaçait machinalement le sexe. Il tremblait. Il ne voyait que du temps passé à ne rien faire. Des choses révolues qui étaient une consolation sans force. On ne montrait jamais ça à la télévision.

Tom dut reconnaître que quelque chose l'attirait vaguement en lui. Il ne savait pas exactement ce qui se passait. Peut-être était-ce le manque de précision des gestes et des mots de Cody qui l'avait ému. Cette grande confusion qui régnait au fond de son corps. Cette silhouette mystérieuse, d'une épaisse douceur, l'oppressait et l'attirait à la fois. Le tirait du côté absent de la vie. Où l'on manque de tout, où la vie n'est plus rien qu'un peu de rouge aux joues.

Quant à Cody, la présence pourtant inoffensive de Tom le terrifiait. Le temps s'était remis en branle. L'avenir menaçait de nouveau. Cody avait pourtant depuis longtemps perdu toute notion précise du temps. Et le caractère extrême et inattendu de cette nouvelle situation avait rallumé en lui des peurs d'enfant. C'était moins l'obstination attentive de Tom qui l'effrayait que ce qu'il imaginait qu'il traînait avec lui. Quelque monstre qui le pousserait dehors. Une peur terrible le contraignait à tourner son visage vers le mur quand il entendait les pas grinçants de Tom.

Entre deux visites, quelques mots et encouragements, le hasard tissa une histoire qui devint lentement, doucement *leur* histoire. Ce n'était pas seulement dans les paroles, ni dans les regards gênés qu'ils se lançaient, mais dans le ton monocorde sur lequel Cody s'acharnait à dire sa peur de sortir. Comme si cela devait éternellement durer. Comme s'il s'était installé à jamais dans l'horreur de la prison dont les murs renvoyaient l'écho de la pitié.

Peu à peu, Cody connut quelques malaises qu'il n'avait jamais eus auparavant. Il lui semblait entendre une pulsation assourdie et distante, le cœur de quelqu'un d'autre qui battait dans le lointain. Il disait «Chut!» de sa voix étrange, reconnaissable entre toutes, comme si quelqu'un était près de lui. Et derrière ses lunettes à monture d'écaille, ses yeux rougis se gonflaient et se perdaient dans des larmes inexplicables. Il se sentait idiot de s'exposer ainsi à de tels débordements. Il avait la bouche pâteuse, pleine d'excuses muettes que personne ne lui avait jamais laissé dire. Il répétait à Tom qui s'inquiétait de savoir s'il acceptait mieux l'idée de sortir d'ici : «Tu comprends, je ne suis pas encore tout à fait…» Il ne finissait jamais cette phrase.

Tom surgissait des brumes de l'isolement. Il paraissait immense, éternel. Il avait un corps tiède au goût de glaise. Un air propre et moelleux.

Cody tendait une main moite. Tom semblait accorder une importance capitale à ce que Cody se souvienne de quelque chose de sa vie d'avant la prison. «Au bout de vingt ans, tu te rends compte…» Non, Cody ne retrouvait rien. Tout devait avoir tellement changé. Tom hochait la tête, de mauvaise humeur. Cody le regardait avec désespoir. Impossible de dire qui il était, ni ce qu'il pensait.

«À quoi penses-tu? demandait toujours Tom.

— À rien du tout», répondait simplement Cody.

Il n'est pas facile d'expliquer quand on n'a pas envie. Cody s'imaginait que le monde était comme la poitrine duveteuse d'un petit animal nerveux, insatiable. Avec un cœur minuscule, plus petit qu'une tête d'épingle et qui devait battre d'une façon désordonnée et douloureuse. C'était quelque chose d'excitant. Il y aurait des gestes à accomplir, des paroles à prononcer, des désirs à formuler. Sans quoi la petite bête mourrait. Et pour toujours.

La situation se modifiait imperceptiblement entre eux. Tom multipliait les visites afin d'acclimater Cody à l'idée de sortir. Ils s'observaient attentivement. Ils étaient déçus de l'autre pour un rien. Un paquet de Gitanes que Tom avait oublié d'apporter, un mot idiot de Cody. Ils se vexaient toujours trop vite. Ils s'en aperçurent avec une légère honte. Tom croyait être parfaitement conscient de la situation. Il était sûr de la maîtriser. Il avait même commencé à faire de très vagues projets. Il tapotait amicalement le bras de Cody et cherchait à lui dire quelque chose de réconfortant. Il ne trouvait rien. C'était l'immobilité et le silence de Cody qui le troublaient. À quoi bon parler avec lui, se disait-il, il ne retient jamais rien.

Cody tremblait. On aurait dit un animal fidèle. Cody n'avait que des choses si brèves, si légères à confier que personne n'y avait jamais fait attention. Tom prit le temps d'écouter. Il lui décrivit le monde. Les rues encombrées de flâneurs, le perpétuel bouillonnement, la lente caravane de la foule. Le jaune d'œuf injecté de sang du soleil. Ces images firent peur à Cody.

«J'ai fait une liste de choses que tu voudras probablement faire quand tu sortiras», lui dit un jour Tom.

Avec ces mots commença la peur du recensement de l'extérieur. Recensement des choses fugaces, sublimes. Pressentiment atroce du salut qui resterait sans usage. Avec une imprécision terrible. Les paysages inondés de lumière. L'air frais embaumé. Le monde serait un spectacle rare, remarquable, qu'il lui faudrait examiner soigneusement. Avec une gaze impalpable, à l'odeur de camphre, comme celle dont on revêt parfois les morts précieux, les cadavres de princes.

Quand Tom venait, Cody était habillé, propre. Il attendait assis sur le bord du lit, les mains croisées sur le ventre. Il avait de grands yeux noirs lunaires de saint. Il portait de vieilles lunettes en écaille. Tom entrait. Il voulait une dernière fois s'assurer d'une résignation forcée, et lire enfin des indices de curiosité sur le visage muet de Cody. Il ne trouvait rien. Il n'était sûr de rien. Ce jeu était inoubliable. Cet homme, enfermé depuis des années, semblait ne rien désirer d'autre que d'être abandonné là. Il ne formulait aucune préférence, autre que celle de rester. Il n'imaginait rien d'autre. Tom se sentait mal à l'aise sous le regard de ce type sans volonté, sans courage. Le corps de Cody avait l'aspect des vieilles personnes qui font une grande économie de gestes. Un corps abandonné à la douceur, à la lenteur idiote et reposante d'une attente indéfinie. Très vite, Tom voulut provoquer ce corps engourdi. Est-ce qu'il n'aurait pas envie de s'amuser, de sortir dans les bars, de crier qu'il était toujours bien vivant ? Il y aurait comme des éclairs, la pulsation des lumières, des rues. Mais Cody ne disait rien ou poussait un soupir qui ne s'adressait pas à Tom. Il voyait avec effroi des rues piétinées cent fois, des filles fugueuses, des chiens décomposés.

Le matin, quand il se débarbouillait, Cody trouvait qu'il avait des traits enflés, que la peur de sortir commençait à s'imprimer sur son visage. Il se demandait avec quelle vitesse on pouvait revenir à la vie extérieure. Était-ce d'un seul coup? Ou par inadvertance? Revenait-on à la vie comme pourrait le faire un mort? Ou comme les débris surchauffés d'une fusée retombaient dans l'atmosphère tiède de la terre, dans l'Océan qui avait sans doute alors un vague goût de salive…

Tom fut la première personne que Cody observa attentivement pour comprendre comment c'était dehors. Il fut vite déçu en s'apercevant qu'on ne saisissait pas les êtres aussi rapidement, aussi aisément que les bondissants personnages de la télévision. Cody découvrit lentement l'invisible tissu du monde sur le visage de l'autre. Les bruits, les odeurs émaillés sur la peau. L'éclat provisoire d'un projet, d'une envie. Il se dit que peut-être c'était cela aimer quelqu'un. Il connut une peur irrépressible dans ces premiers instants, en voyant comme cet homme était feuilleté par les voix du monde, enrobé par les odeurs. Face à lui, Cody n'était qu'un bloc d'ombre et de poussière. Une confiance déraisonnable l'attendait, tapie dans le regard presque amoureux de Tom. « Que me veux-tu, à la fin? » demandait alors Cody avec fatigue. « Ça ne m'intéresse pas. » Pas question d'accepter de sortir. De recevoir une aide quelconque maintenant, alors qu'il avait appelé au secours de toutes ses forces sans que jamais personne ne vienne. Ce besoin de compagnie, ce besoin d'autrui s'était définitivement détaché de lui comme une vieille peau morte.

Tom le quittait toujours en promettant de revenir dès le lendemain. Cody ne pouvait pas refuser. Ce n'était plus une question de choix. « Aie confiance, disait Tom, je sens que c'est en bonne voie. » Cette sollicitude avait quelque chose d'inquiétant. « Ça ne te fait donc pas plaisir ? » demandait-il sur un ton de reproche presque amoureux. « Si, si. Bien sûr que si », répondait invariablement Cody, honteux de la sympathie, de l'empressement que lui témoignait cet homme. Il sentait qu'il ne pourrait jamais démêler toutes ces choses dont il aurait à s'assurer la maîtrise dehors. Cody fixait alors l'éducateur d'un regard étrange qui était une provocation à un acte secret, à un abandon. Et ce qui frappait Tom, c'était l'absolue sincérité de Cody quand il disait à mi-voix ne pas tellement tenir à sortir de là.

Autour de lui, dans la prison, les hommes commencèrent à ricaner. Sous les douches, durant tout le temps des promenades, au réfectoire, circulaient des allusions grossières sur Cody et l'éducateur. Sur la résistance effarouchée de Cody à sa libération prochaine.

Pourtant, il faisait des efforts et tentait de

percevoir le bruit curieux que font les autres, le monde, et qui vous prévient que tout continue de fonctionner normalement dehors. À force de penser à cette idée de sortir bientôt, il se retrouva coincé là-dedans comme dans un piège.

Le monde devait être un lieu aride et superbe. La première fois qu'il avait uni son existence au monde, il n'avait abouti à rien, sinon à se rendre malheureux. Il n'avait jamais goûté à ce je-ne-sais-quoi qui faisait que tous les autres s'y sentaient protégés. Il y avait également ce côté inflexible du monde qui ne supportait pas les personnes ridicules. Et qui l'avait fait trébucher.

Un jour il confia lentement à Tom que ce qui l'aurait intéressé, c'était de mener une vie passionnante comme on peut en voir à la télévision. Il n'avait aucune idée de ce que pouvait être une vie passionnante, mais il imaginait un tas de choses en regardant la télévision.

Tom ne comprenait pas. Il ne parvenait plus à mettre de l'ordre dans ses idées. « Pourquoi ne laisses-tu pas les choses comme elles sont ? » demandait Cody. Et, découvrant l'air accablé de Tom, il ajoutait stupidement : « Non, non, fais ce que tu dois faire. » Puis il replongeait dans l'insondable nostalgie d'un temps immobile et identique.

Dans la prison, on s'était mis à parler d'eux

tout le temps. Au milieu du silence. Et quelque chose passait entre eux qui ressemblait à de la tendresse, dans le tremblement de leurs voix. Cody souffrait de maux de tête insupportables. Le sommeil le fuyait totalement. Il craignait Tom en même temps qu'une force inconnue le poussait vers lui. Il accepta de le voir régulièrement, de passer de longues heures avec lui sans rien dire d'important ou de vrai. Parce qu'il devait sourire et parler à quelqu'un, Cody se métamorphosait lentement. Des fossettes apparurent sur ses joues tristes. Les propos de Tom sur sa nouvelle vie semblaient contenir une sorte de désespoir presque rassurant et familier. Tom lui imposait des postures malcommodes, où il fallait faire attention à l'autre. L'écouter. Cody était alors saisi d'un désagrément indicible, comme s'il entrevoyait cette amitié où on vit hors du monde, où on n'éprouve aucune douleur. Il acquiesçait sans comprendre aux paroles de Tom. Tout irait bien. Ce serait une vie neuve comme des habits confortables et séduisants. Evidemment, il n'en croyait pas un mot. Mais il ne voulait pas blesser Tom. Ils ne surent pas donner un nom à cet attachement dont ils n'avaient pu soupçonner la violence. C'était un accord fait à la fois de la volonté de vivre et de la volonté de s'éteindre sans bouger. Avant même de l'avoir voulu. Tom, lentement, comprit que ce drôle de type, doux et obstiné, allait le forcer à l'abandon, à une réconciliation terrible avec l'envie de sombrer, de renoncer pour toujours à ce qui est trop fort et trop beau pour vous.

En lui, tout était devenu comme muet, assourdi. Tom s'en étonnait. La vie est pourtant bien chevillée au cœur de l'homme. La vie matérielle. Le goût de faire. L'envie d'entreprendre. Cela reviendrait. Quand on sort dans la rue, expliquait-il à Cody, le courage ne dépend plus de vous seulement. Il y a le courant de la rue, le fluide des gens qui vous entraîne. Les vagues se succèdent. Il n'y a qu'à se laisser porter. Ou se laisser ballotter. Oh! tout le monde court dehors. Sans passion précise. Parce qu'on se cache mutuellement l'heure de notre mort. À épouser ainsi le rythme des autres.

Cody imaginait tout un crépuscule bondé d'hommes et de femmes en sueur avec Tom à leur tête. Tom qui devait contrôler tout ça. L'immense cohue des habitants du monde. Cette chose, cette obscure force qui animait tout, qui réconciliait les uns avec les autres et qui était comme une douleur animale parce qu'elle rendait les hommes aveugles et sourds, parce qu'elle jetait les hommes les uns sur les autres. Cette force du dehors, c'était l'incompréhension de la vie.

Jamais il ne pourrait tenir debout.

Maintenant qu'il commençait à retrouver cette douleur, cette brûlure. Cette fête où on peine, où on pleure sans arrêt. Et qui vous laisse éternellement affamé.

Cody allumait la télévision dès le départ de Tom. La lumière de l'écran laissait voir ses yeux perdus, son visage doux et rêveur. Matin et soir, jour et nuit. Deux ou trois ombres lui serraient la gorge. On venait chercher son linge, ses draps, ses chemises trempées d'une sueur acide; on venait le fouiller. Rien d'autre. Et le monde extérieur lui revenait. La peur du monde, son embarras. Il n'était plus qu'un grain de poussière dans les sifflets des trains, les odeurs, les bruits insaisissables et incompréhensibles. Tom disait bêtement pour l'encourager : «Tu fais d'énormes progrès.» Cody ne voyait que des jambes de femmes filiformes, des essaims de frelons, de mouches. C'était comme les minuscules pointes d'un iceberg qui émergeait. L'envie de fureter. Des odeurs de ragoûts, de duos blafards. Cette fringale de rêves miteux. Alors il se tenait collé à son téléviseur. Comme près d'un duvet moelleux et écœurant.

Sans cesse, à chacune de ses visites, Tom revenait à la charge. Qu'il accepte de sortir. Une fois au moins. Les autorisations étaient signées. Cody écoutait avec terreur le son de sa voix. Il guettait peut-être dans l'écho de cette voix un souvenir encourageant. Tom devenait bourru. Direct. Mais Cody ne perdait jamais sa frayeur de jeune veau. Ce sérieux de bête apeurée qui le plaçait loin, loin au-dessus de Tom. Plongé dans cette chose amère et résignée. Ce quelque chose d'incommunicable que par paresse Tom appelait de la lâcheté.

Tom lui parlait des rencontres qu'il ferait dehors. Il n'hésitait pas à lui dire qu'il y aurait des filles à se coucher près de lui. Il lui annonçait – à la fois honteux et ravi de cette cruauté – cette chose profonde comme une racine, cette obsession de fusion et d'anéantissement. Sa voix devenait inconnue, presque féroce. Elle était humide, brillante, idiote comme si la pensée lui était soudain inutile. Jusqu'à ce que mort s'ensuive. Les traits contractés, presque aux larmes, Cody écoutait. Le cœur serré par la viscérale confusion du monde, de la tentation, de la persuasion.

« Tu ne penses jamais à tout ça ? » demandait Tom.

Il y avait ces deux extrémités de la vie, le sexe et la mort, qui ne lui laissaient aucun souvenir. Aucun. Il serait effrayé où qu'il aille, où qu'il entre, des nuits entières à répéter : « Un morceau de fromage de tête, s'il vous plaît… – Pour une personne ! » Oh ! ne pas oublier de dire : « Pour une personne. »

5

Lâché.

Comme une bouffée d'oiseaux morts jetés du nid. Cody avait cru que chaque instant serait éternel, qu'on lui ferait des promesses solennelles. Que des mots lui seraient rendus. Qu'il serait subtilement épanoui comme ces femmes à la télévision qui retrouvaient des époux, des frères. Il se rappela brusquement que lorsqu'il était entré en taule on ne lui avait rien expliqué non plus. Ni en entrant ni en sortant. Toujours le même désarroi suivi d'un frisson qui ne vous quittait plus. Un sentiment d'incrédulité dont on ne pouvait plus se défaire. Un lâchage. Dehors, Cody allait retrouver une certaine nostalgie mêlée à de l'étonnement. Le goût du graillon, du veau vinaigrette, des haricots. Dehors, ce serait l'empoignade qui le laisserait obscurément défait. Le vertige qui lui donnerait honte.

Presque tout le monde reconnaît instinctivement les bruits familiers, les odeurs. Cody sut qu'il devrait s'astreindre à de douloureux détours pour retrouver ces repères familiers de l'existence. Ce ne serait jamais les mêmes bruits qu'autrefois, ni les mêmes impressions.

La première sortie eut lieu par un froid sec et piquant. Cody se retrouva sur un trottoir désert. Il suivit l'allée de tilleuls, bouleversante parce qu'il se souvenait encore vaguement de l'ampleur que pouvait avoir un arbre. Ce très court instant, il y eut une joie trompeuse sans objet précis. Avec l'enfermement qui bourdonnait encore dans sa tête. Il croisa les femmes qui attendaient au parloir, le visage collé contre les vitres poisseuses. Sans doute, à ce moment de sa vie où il se crut frôlé par une aile de poésie, eût-il aimé devenir transparent, ou liquide, pour courir comme l'eau des torrents.

Il lui sembla qu'il s'en allait vers un endroit dont il n'avait jusque-là entendu parler que vaguement. Son cœur battait à tout rompre. Il n'éprouvait aucune douleur. On aurait dit qu'il aspirait tout l'air qu'il y avait dehors. Un air lourd, presque trop nourrissant. Il se laissa glisser dans une sorte d'inconscience, une étrange ivresse.

Il trouva le monde lesté de regrets. Pesant. Les gens étaient tous des épouvantails poussés par le vent. Cody crut qu'il serait incapable de contenir en lui ce hurlement de loup qui lui déchirait la gorge et la poitrine.

Il aurait dû avoir le pas ferme au bout d'un moment. Ça ne vint pas. Il aurait dû s'y retrouver. Il regardait par-dessus son épaule comme s'il se sentait épié en permanence. Par les femmes, surtout, qui avaient des yeux de détective où il lut de la réprobation, de la curiosité. Il se laissait distraire au point d'en oublier le temps et son chemin. Avec une expression d'étonnement, d'admiration craintive devant l'obstination des gens, le courage qui les faisait avancer et se parler. Le monde extérieur était comme un cortège de héros. On se déplaçait au pas de course. On ne voyait pas le bout des efforts que ça demandait.

Ce premier jour, ce fut comme une prouesse, un éblouissement. Pourtant le ciel était bas, nuageux. Cody tenait à peine debout, craignant affreusement de manquer d'équilibre. Sa marche chaloupée, hésitante, s'accommodait mal de la vitesse, de la précision de mouvement qu'il rencontra autour de lui.

Il eut l'impression de recoudre son regard sur les autres, sur les ombres nues du monde. Sonné par la lumière, les bruits. Déjà captivé et embarrassé par la présence muette des choses, par la circulation des vivants et des morts. Car Cody eut le sentiment curieux que les morts s'agitaient dehors tellement l'air y était brassé, le brouhaha assourdissant. Les morts devaient bien eux aussi participer à cette activité incompréhensible. Pour un peu, se disait-il, il aurait donné la main à quelqu'un, à un mort. Il avançait douce-ment, avec circonspection et souffrance. Comme si sous ses pas lourds et titubants allait renaître quelque chose d'invisible et qui le ferait terriblement souffrir. Quelque chose sans reconnaissance possible.

Ce type, presque velouté tant l'ombre s'était déposée en lui, prit ainsi l'air et la lumière en pleine figure. Il sentit leur acidité, leur pincement. Entre les chutes raides des façades d'immeubles, il avança comme un tri-bun vaincu, assagi mais inquiet. Dans une de ses poches, plié en quatre, un plan grossier de la ville griffonné à la main. Tom avait décidé que Cody passerait sa première jour-née dehors tout seul. Cody feignait de se hâter. C'était une mission d'acclimatation en quelque sorte. Il s'arrêtait un instant sur un trottoir, avec de grands yeux ronds. L'estomac noué tellement c'était vide et vaste autour de lui. Un sourire triste et languide lui mangeait le visage. Etonné d'être là. Nulle part vraiment. Dans la poussière étouffante du dehors, parmi les autres. Pendu près d'eux à ce grand râtelier d'heures, de peines, d'épreuves que brassait l'air du monde. C'était donc ça! Les rues qui sentaient l'oubli, la désertion. Les magasins qui ne désemplissaient pas. Les notes d'épicerie pour trois fois rien : biscuits, bière, yaourts aromatisés aux fruits. Il décida dès le premier jour qu'il conserverait soigneusement toutes ses notes d'épicerie. Il grignotait ses achats sur un banc, et des bourrasques de pluie le surprenaient, le laissaient pantelant, trempé sous des porches de plâtre. Panaches de brume après qui s'élevaient du bitume, et la douce impression cruelle de la vie réelle vers laquelle il retournait avec angoisse.

Ce jour-là, il s'était coiffé, rasé. Il vit la foule désordonnée. Il crut savoir ce qu'était la vie. Ça montait en lui avec un élancement dans les muscles des jambes. Il souffrirait jusqu'au bout de ce mal marcher hors d'une enceinte, hors d'une clôture. Les gens l'empêchaient de tourner en rond, de restreindre l'espace de ses déplacements. En permanence délogé, bousculé. Il se sentit estropié, infirme. Capable seulement de circumambuler. Impossible de marcher droit devant lui, de suivre un itinéraire sans se laisser guider par des murs. Comment savait-on où aller, quelle rue prendre? Il lui semblait que la vie extérieure réclamait de procéder à des manipulations complexes, d'être capable de paroles brèves et efficaces, dignes de grands personnages savants. C'était tout un réseau de cérémonies inexplicables et héroïques qui le prenait à la gorge. Dans les magasins et les cafés, il découvrait qu'il ne possédait plus de langue propre à communiquer avec les autres, avec l'extérieur. Son ordre, son agencement. Il écoutait des heures durant, à se geler tout le corps, un chant bruyant auquel il ne participait pas. Les noms des rues, les objets qu'on réclamait à voix haute et distincte n'étaient pour lui que des mots incompréhensibles. Il en vint à se demander s'il n'était pas sourd…

Il trouva le monde mal ajusté, insincère. Sauvage et savant à la fois. Il songea avec pitié à l'Homme Invisible. Se dit que peut-être il était en train de connaître des aventures similaires aux siennes car personne ne semblait faire attention à lui.

Oui, le monde lui faisait l'impression de quelque chose de savant qu'il ne comprenait pas, et qu'il ne se sentait pas obligé de comprendre.

C'était un après-midi désagréable. Il s'arrêta à un feu rouge. Il était au centre de cette ville qu'il ne connaissait pas. Pour quoi faire? Il devait bien y avoir quelque chose d'utile à faire, des courses, des achats, des informations importantes à glaner. Il ne trouva rien. Ses yeux se remplirent de larmes à cause du vent qui soulevait la poussière et le pollen. Et il y avait dans le ciel de cette ville un chagrin bouffant comme la robe étourdie d'une femme.

Cody s'était préparé à respirer de tous ses poumons. Et il affronta la sensation d'être une vieille chose usée sortie à l'air libre, de n'être pas à sa place, de faire obstacle à la circulation de l'air et des gens.

Dehors, il n'y avait que des malentendus. Des fautes à chaque mot que vous prononciez. Vous n'arriviez jamais à vous faire comprendre car vos lèvres n'avaient pas l'habitude de dire les choses telles qu'elles étaient à l'air libre. Et telles que semblaient les comprendre les gens bien, les gens heureux. Cody avait le sentiment embarrassant de récupérer quelque chose dont il ne connaissait plus le mode d'emploi. Un horizon informulé. Il n'était plus seul. Il était libre parmi tous les autres. Il les trouva innombrables, agaçants. Il y avait maintenant tous ces gens bruyants et désordonnés devant lui. C'était effrayant. Et pourtant, par moments, il sentait que son corps retrouvait un enseignement ancien, simple, qui revenait à mesure qu'il marchait. Ça ne durait pas. Une ombre de fierté lui redressait le dos. Une passante l'attirait… Le brouhaha d'un bar. Il y renonçait après quelques secondes cruelles de rêve.

Il y avait une façon de marcher particulière dehors, un rythme que son corps n'arrivait pas à épouser tout à fait. Cody s'immobilisait en plein vent sur les passages piétons. Les autres ne paraissaient pas surpris du sol sous leurs pas. Les chromes, les lumières bleutées ne leur blessaient pas les yeux. Oh ! c'était le recensement de tout ce qu'il y avait à faire dehors qui lui refilait ce vertige. Comment faisaient-ils, tous, pour lister en eux tant de gestes, tant de répliques ? D'une voix brisée, éraillée par tout ce qu'il fallait dire, il demandait des cafés, des chemises de coton, la direction du bus 42 qu'il venait juste de rater.

Le soir, en rentrant dans la taule, il savait qu'il allumerait la télévision en pensant qu'il avait bien le temps de se rouler dans la boue des autres, dehors. Pas joli, joli, là-bas. Chaque être rencontré, chaque inconnu croisé était un persécuteur en puissance.

Ainsi, tous les après-midi pour commencer, Cody devait sortir faire «ses nouveaux premiers pas», comme disait Tom. Il allait flâner sur les boulevards bruyants. La flânerie proprement dite ne durait jamais plus de quelques minutes. Une violente douleur mêlée à de la honte lui faisait accélérer le pas. Il fonçait alors sans but. Les larmes au bord des yeux. Parfois il s'arrêtait, stupéfait comme un gosse, devant les somptueuses vitrines des magasins. Il en avait la gorge nouée. Le sentiment nerveux que son regard n'était plus qu'un tissu de songes. Il osait à peine regarder les femmes. Les trouvant trop souples, trop filantes.

Cody ne ressemblait à rien. Une doublure de film. Silhouette affligée qu'on devine à peine dans les arrière-cours. De mystérieux bras bouffis tendus avec une humilité muette. Un corps qui valsait parmi les autres, qui ne tenait pas en place aux arrêts de bus, aux caisses des magasins bondés. Une bouche pâteuse, pleine de la même phrase effarée : «Je repars à zéro.» Des gestes infimes pour gagner les faveurs du dehors. Cody avait cette expression larmoyante et navrée des pauvres gens qui n'ont pas choisi leurs vêtements et leurs repas. Cette vétusté épuisante, cette honte hagarde. «Pas la peine de rire», disait-il à d'anonymes regards moqueurs, en manipulant avec mal-adresse sa monnaie, des robinets, des inter-rupteurs, des poignées de portes... «Perds pas les pédales, mon vieux.» Il essayait en vain de se rappeler toutes ces choses utiles comme vous les glissent à l'oreille les mamans, entre deux baisers de larmes. Etait-ce bien de cette façon qu'on s'emmitouflait dans un manteau? Comment savoir ces choses-là? D'où il venait, personne n'avait vraiment pu l'aider à répondre à ça. Son manteau, il ne l'avait jamais acheté. Il le laissait ouvert malgré le froid, trouvant bêtement que c'était plus chic ainsi. Les pans du manteau qui lui battaient les hanches. Et quand il l'enlevait dans les cafés ou dans les salles d'attente, il le faisait avec lenteur, d'un geste glissant comme une stip-tea-seuse, un geste qui en faisait sourire plus d'un.

Il cherchait du renfort, une consolation pour venir à bout des odeurs, des bruits, des couleurs en liberté. Le soir, en prison, il allumait la télévision et retrouvait l'apaisement d'un monde sans choix qui n'était pas le vrai monde.

Dans les premiers magasins où il entra, il ne resta pas longtemps. La peur, bien compréhensible, de faire du bruit, de déranger pour rien. Après l'effort qui le conduisait de rayon en rayon, Cody se sentait épuisé, atteint. Les objets, les lieux eux-mêmes faisaient preuve d'une impatience douloureuse et lui suggéraient l'idée d'un autre monde dont il était exclu. La solitude de son corps redoubla à l'extérieur tant la circulation des biens et des personnes se faisait sans lui. Tant le monde coulait d'un bloc, ne lui laissant aucune prise.

Dans l'immense enchevêtrement de l'espace, il avait un mal de chien à comprendre tout à la fois. Il se dit qu'il était peut-être une espèce d'automate. Plongé qu'il était dans un cérémonial blessant, ridicule. Comme s'il devinait qu'il n'aurait jamais accès qu'à la périphérie des choses. Jamais au cœur.

Pour manger, Cody préféra s'adresser à la petite camionnette grise : « Pizzas à emporter ». Certain qu'il ne dérangerait pas.

On passait près de lui à la vitesse de la lumière. Que de très brefs regards. Il n'y aurait donc pas de préliminaires. Seule cette envie de hurler de joie et de terreur, de tout expliquer à son voisin inconnu, de faire claquer des verres sur le zinc, de froisser des billets entre ses doigts. Et enfin voir ce grand rugissement qui montait en lui se perdre sur les trottoirs. Cody avait peur de rester immobile. Il n'allait nulle part vraiment. Il avançait, il traçait un chemin inutile pour ne pas rester transi. Puis il rentrait. Les yeux cernés. Abattu. Avec toujours ce soupçon ridicule d'avoir trahi quelque chose ou quelqu'un.

Sur le chemin du retour, il pensait déjà à la petite voix affable de Tom, l'éducateur. « Alors, comment ça s'est passé ? » Cody se plaindrait, lui demanderait une fois de plus de ne pas s'acharner sur lui.

C'était usant. Les récriminations sourdes de Cody. Sa résistance molle, abandonnée. Son regard implorant ne lâchait plus Tom. «Accompagne-moi», demandait-il. Il fallait, disait l'éducateur, se reprendre un peu, adopter une attitude absolument nouvelle. En finir avec le découragement. «Promène-toi. Fais des rencontres.» Cody soupirait. Tom le contemplait avec rudesse. Il s'efforçait de découvrir ce qui n'allait pas avec lui. Pour quelle raison l'excitation de la liberté ne venait pas. Il se répétait à voix basse : «Aujourd'hui encore, il ne s'est donc rien passé.» Il lui devint même impossible de le dire. Comme si la force de venir à bout de cette opposition souriante et gémissante le quittait lentement. Comme s'il commençait à comprendre, à partager le point de vue désolé de Cody.

Son attente tranquille et quotidienne. Tout d'abord leurs rapports se bornèrent à ces admonestations lasses. À cet encouragement pénible. «Je n'ai rencontré personne», murmurait Cody avec bêtise. Et en prononçant cette petite phrase, il devenait presque beau.

Il y eut des après-midi obscurs, palpitants d'une grande réconciliation impossible de soi avec les détails aigus du monde. Comme un gant retourné qu'on n'arriverait plus à mettre à l'endroit.

«À force, tu t'y feras, disait Tom. Tu connaî-
tras une sorte d'apaisement. On te trouvera
du travail dans un mois ou deux. » Cody ne
répondait rien. Peut-être comprendrait-il un
jour. Il serait bon qu'il ait dans les semaines
à venir près de lui quelqu'un qui l'aide à comprendre de telles choses. «Je n'y comprendrais
quand même jamais rien, semblait dire Cody.
C'est trop difficile pour moi. » Tom revenait
à la charge et approfondissait de cette façon
leur mutuelle dépendance. Comme si chacun
avait trouvé sa place près de l'autre.

Cody laissait Tom lui parler et l'encourager.
Il attendait une étincelle que lui promettait
l'éducateur, un coup qui lui ferait tout retrouver. Il y aurait la paix et le goût des bonnes
choses. Il mettrait des chandails frais et
amples. Il saurait commander un bœuf ficelle
ou un consommé d'asperges sans entendre
autour de lui les ricanements des serveurs.

Le monde, il fallait le comprendre à mort.
Se farcir la peur des autres, la honte de parler. Une fois, Cody, saisi d'un vertige lors d'une
sortie, entra dans une cabine téléphonique.
Il composa avec peine le numéro que lui avait
donné Tom au cas où. «À l'aide… Je veux rentrer immédiatement. Viens me chercher. » Il
n'en pouvait plus. Il avait marché sans reconnaître son chemin. À l'autre bout du fil, Tom
se racla la gorge. «Oh ! n'aie pas peur. Ça ne

peut venir que petit à petit. C'est comme une guérison qu'on espère trop. Ça vient seulement quand on ne l'attend plus. » Il y avait donc une heure secrète pour guérir et pour tout comprendre. Mais Cody voulait des scénarios bien huilés, des formulaires de guérison, des déclarations d'amour éternelles.

Le soir, en prison, tout redevenait supportable. Il rentrait en nage, hagard. Poussiéreux. On aurait dit qu'il s'était traîné jusque-là où personne ne pouvait le trouver. Qu'il avait cherché en vain une nouvelle cachette dans les endroits les plus reculés mais qu'il avait abandonné. Il repensait aux personnes agiles et héroïques qu'il avait vues. Avec des yeux ombrés de khôl, des bouches rouges comme des fraises. Des personnes appétissantes, désirables, souples et tendres, qui traversaient toujours correctement les rues, qui connaissaient les directions de la toile d'araignée que tissaient les bus. Il avait presque aimé le formidable gémissement des camions. Le méli-mélo cocasse de la ville quand on ne voyait, comme lui, tête baissée, que les jambes et les pieds des gens. Et c'était cette tendresse nouvelle pour les choses libres qui le rendait plus malheureux encore. Car il n'avait pas accès au présent simple et spontané où sont confiées les choses et les personnes.

6

On lui demanda de passer son premier week-end dehors. C'était vers la mi-juin. Il faisait meilleur et cet avant-goût de chaleur, de touffeur, l'écœura comme un convalescent. Cody avait trouvé un hôtel, un immeuble à trois étages. Avec l'enseigne HÔTEL DU CENTRE, qu'il trouva d'une mélancolie somptueuse. Un peu plus tard, dans un Tabac et Journaux, il fit l'acquisition d'un plan de la ville et de deux cartes routières de la région. Après les avoir ouverts sur son lit, il ne sut jamais les replier correctement. Il abandonna. Le plan et les cartes restèrent dépliés et froissés dans un coin de la chambre. Il rapprocha le lit du mur. La petite pièce était encore trop grande à son goût. À la fin, on ne lui changea plus son linge de toilette, ni même ses draps. Cet homme ne salissait pas. Comme s'il n'osait toucher à rien. Souvent, Cody s'enfermait au verrou dans sa chambre et disait qu'il n'en voulait plus sortir de la vie. Le personnel de l'hôtel était patient. On aimait bien cet homme curieux. Fruste, sans effets. Capable seulement d'étonnement et de terreur. Et qui laissait refroidir son café en regardant la télévision pendant des heures, des journées sans mettre le nez dehors.

Il décampait de la prison. Il filait directement à l'hôtel avec une démarche de somnambule. Arrivé dans sa chambre, il se jetait sur le lit. Il collait son regard et tout son être abandonné sur l'écran de télévision, plus large, plus confortable que celui du poste de la prison.

L'air du monde était chargé d'une poussière de ruines. C'était du moins son impression. Parfois, Cody croyait y sentir une présence enfouie qui aurait refait surface. Oh! se disait-il, je connais ce signal. Il restait de longues heures à capter quelque chose de mystérieux, de ténu. Immobile, tendu à craquer, dans une inflexible fixité. Peu à peu, l'impression se diluait. Ça fondait en lui comme du miel. Des milliers de signaux apparaissaient. Laisse tomber, murmurait une petite voix lasse. Il redevenait cet homme éteint, presque sourd, qui attendait un impossible sommeil. Il semblait demander au monde : Pourquoi m'appelles-tu?

Il y avait toujours quelqu'un dans la chambre à côté. Il entendait qu'on défaisait un lit, qu'on ouvrait une valise. Une porte claquait derrière un pas mal assuré. Avec une certaine tendresse, Cody passait son temps à écouter les autres invisibles. Il examinait les draperies lie-de-vin muettes. Le calice trapu des chiottes. Il sentait venir des picotements dans ses mains, dans ses bras, à la pensée troublante de tout ce que les âmes précédentes avaient pu laisser traîner. Il devinait sans trop comprendre la gourmandise dérobée des corps qui venaient s'ébrouer ici. Contemplant le vide impeccablement rangé de l'hôtel. Ce vide plié, repassé du monde. Il mesurait cela avec admiration pour l'honnêteté du travail accompli, et osait à peine ouvrir le lit compact, salir les draps. Emu de ce qu'on avait retourné pour lui le matelas silencieux, lissé la décoction de poussière et de paroles mortes. Cody se souvenait alors des leçons de tendresse de sa mère – quand il était loin d'imaginer, à l'époque, avec quelle rapidité viendraient les souffrances. Il saisissait, qui flottait encore dans l'air confiné de la chambre, comme une essence, l'odeur comestible, un peu âcre, de ces femmes qui préparent les chambres d'hôtels.

La première fois, il en rencontra une dans

94

le couloir qui menait à sa chambre. Quand elle s'approcha de lui, il devina son parfum d'œillet. Il vit comme des anges maladroits sortir de ses yeux noirs. Elle mordillait ses lèvres : «Vous cherchez?»

Elle murmura cela d'une petite voix essoufflée. Cody ne se sentit pas capable de répondre. Il vit qu'elle était belle. Un corps en lame qui taillait l'ombre. Il aurait voulu la retenir, lui parler. Une folle envie de la prendre entre ses bras le traversa, sans savoir comment faire exactement. Envie d'elle. Poussé vers quelque chose de familier dont il n'avait presque aucun souvenir. La jeune femme nota sa gêne. C'était à la limite du soutenable tant il avait l'impression de se livrer à une exhibition maladroite. Avec cette sourde façon qu'on a parfois de sentir sa nervosité, sa gaucherie éternelles qui donnent à la vie un aspect lugubre, pire que la mort. En prison, Cody n'avait rencontré que très peu de femmes. Il fut surpris des choses idiotes et douces qu'il vit passer dans le regard de cette femme. Tout ce qu'avaient pu y abandonner les hommes : leur ignorance, leur grossièreté, leurs désirs petits et mesquins, leurs combines foireuses. Il eut honte d'être un homme, là, dans ce regard. Honte de cette espèce d'enfantillage obscène des hommes dans le regard des femmes. Il voulut battre en retraite, fuir l'hôtel. Peut-être ne pas avoir à comprendre tout ça, dans le noir des yeux d'une femme, les gestes par cœur des hommes, les répliques de feuilletons télévisés, cet appel en direction de la paix qui n'existait pas entre les hommes et les femmes.

Sérieux, perdu. De retour en cellule, il n'arrivait toujours pas à se résoudre à revenir au monde extérieur. Oui, quelque chose de grandiose et de dérisoire s'y cachait qu'on sentait à peine, qu'on ne pouvait pas nommer correctement. Le monde était fabriqué d'inconnu et de peur. Les boulangers, les conducteurs d'engins, les écoliers faisaient peur. Même la souplesse des filles dehors faisait honte et mal. L'extérieur complotait des chuchotements indistincts, émettait des messages brouillés, cryptés.

La veille de chacune de ses sorties, Cody ne dormait pas. Il cherchait à se rappeler comment c'était dehors. Il avait besoin de connaissances terribles, se disait-il, comme de savoir prendre un bus, se servir des machines du Lavomatic, se guider dans les rayons du supermarché. Un soir, il ne parvint plus à sortir d'un de ces immenses magasins. Il lui avait fallu attendre la fermeture, que les vigiles le découvrent effondré, sans forces, et le raccompagnent rudement à la sortie. Il devait apprendre les choses les plus difficiles comme les plus simples. C'était, pensait-il, des connaissances profondes, sombres. À en pleurer. Sur sa liste, il y avait comment se mettre à l'abri de la pluie sans en avoir l'air, comment entrer dans les bars, comment ne pas déranger la liturgie muette et sourde du monde. Sa mémoire l'avait abandonné et ne conservait que des merveilles sans valeur. Des après-midi lents de travail. Le travail difficile de la terre des autres – plus épaisse et plus dure que la terre à soi. Se souvenir immédiatement de l'extérieur était une tâche sans fin. La tête entre les mains, Cody essayait. C'était comme s'il faisait dire à un mort le goût acide et lourd qu'avaient les choses vivantes. Seule la télévision, croyait-il, l'aidait à deviner et à comprendre comment faire dehors. Avec une évidence fulgurante, les choses y trouvaient une résolution, un chemin. La vie ordinaire y était rachetée, transfigurée. Il se disait alors qu'il n'était pas possible qu'il ne sache pas entrer dans un restaurant et commander une douzaine d'escargots – comme le faisaient les héroïnes françaises dans les feuilletons américains.

Et le lendemain, quand il entrait en vacillant dans le premier snack, il serrait les fesses et réclamait des escargots de

Bourgogne. Ça ne faisait pas un pli. On lui disait d'aller voir ailleurs. Il s'installait en terrasse, commandait piteusement un demi et lisait le journal. Déçu également du costume négligé du serveur. La pluie menaçait. Il n'y avait personne en terrasse. Le journal lui tombait des mains. Cody ne comprenait pas les nouvelles. Il ne lisait distraitement que la page météo et les petites annonces. En fin de compte, pensait-il abattu, il était très rare que la révélation de la télévision se prolonge au-delà de l'écran, que sa grâce perce la lourde mélancolie de la vie ordinaire et agitée du dehors.

Il comprit d'ailleurs que son regard était incapable de reconnaître la moindre chose, le plus petit détail. Autrefois n'avait pas existé. C'était un homme sans passé. Il ne pouvait même pas dire en soupirant : « Comme le monde a changé ! » Il ne savait plus à quoi ça ressemblait avant. Tout était désespérément neuf autour de lui. Il était comme un mort après une résurrection qu'il n'avait jamais espérée. Il lui semblait ne voir partout que des images inachevées, n'entendre que des appels sans réponse.

Il lui fallut plusieurs mois pour déchiffrer les itinéraires indispensables à ses allées et venues.

Tom accepta finalement de l'accompagner

dans une de ses sorties. Dans les rues bruyantes, Cody clopina à côté de lui comme une bête, un animal en laisse. Drôle de couple, songea Tom avec embarras. Les filles se retournaient sur eux avec des sourires étouffés. Cody n'arrêtait pas de traîner la jambe, de crier : «Attends-moi!» La prison l'avait mutilé. Il y a bien une torture invisible de la prison qui affecte le corps de l'intérieur. Qui le ronge. Il manquerait toujours à Cody une expérience continue de la vie. C'était un peu comme une fenêtre qu'on ne pourrait plus jamais ouvrir en lui. Et Tom remarqua quelque chose d'uni et de nu quitter la personne de Cody, en se désagrégeant au contact de l'air libre et féroce. Quelque chose qui lui manquait définitivement et qui se lisait facilement sur les visages des passants. C'était probablement l'inconscience d'être libre.

Tom lui dit : «Allez, allez, viens je t'offre un verre pour fêter ça.» Il voulait distraire cette sensation nauséeuse d'accompagner un idiot, un presque mort. Au bout de quelques pas, Tom n'en pouvait déjà plus. Abasourdi, il observait Cody titubant et douloureux. Cody progressant avec difficulté, toussant, se heurtant aux autres, aux murs. Cette reptation silencieuse, cette solitude indémaillable qui le faisait apparaître avec la figure apeurée d'un garçonnet. En marchant, il suivait des doigts les murs, il se retenait parfois aux épaules de Tom. Avec une immense mollesse de petite taupe, d'animal transi et perdu.

C'était un piège tendre, frais, bruissant. Cody regardait les femmes et les familles qui entraient dans les magasins. Comme si la seule préoccupation des gens dehors était de se mettre à l'abri quelque part. Tout était infiniment plus organisé et ordonné qu'il se l'était imaginé. Comme il se sentait incapable de toute cette minutie de gestes, de circulations balisées, il n'avait plus qu'une relation abstraite, à la fois admirative et effrayée, avec la vie matérielle. Tom qui avait essayé de l'habiller correctement fut chagriné de voir à quel point les vêtements ne faisaient pas le même effet sur sa personne lasse que sur les autres. Ils flottaient. Ou bien ils l'engonçaient. On aurait dit que sa taille n'existait pas. Pour montrer sa bonne volonté, Cody risquait de temps en temps une réplique héroïque, valeureuse. Avant de perdre pied, de sombrer. Les gens interloqués répétaient entre eux le plus discrètement possible : «Si c'est pas malheureux. Pauvre idiot.»

Dehors un sentiment d'abattement se logeait en vous et ne vous lâchait plus. Cody sentait ainsi filer entre ses doigts la joie de

100

retrouver le monde qu'on lui avait décrite sommairement. C'était une espèce de question timide et persécutante, un déchiffrement impossible. Le monde resterait sans nom ni parole. Il comprenait vaguement qu'on l'avait brisé, qu'on était allé jusqu'à lui extorquer le simple don d'être au monde. Il se terrait comme un animal dans sa chambre d'hôtel. Tout l'effrayait et le faisait trembler des pieds à la tête. Ses voisins de chambre se plaignaient à la direction de l'hôtel. Cody s'endormait en pleurant et pleurait dans son sommeil. La télévision restait allumée toute la nuit.

« Mon cœur ne tiendra pas le coup », disait-il au médecin de la prison. Il sentait dans tout son corps les vibrations du monde extérieur qui tentaient vainement de toucher en lui le foyer secret de la vie. Le noyau du courage. Cody trouvait que tout était trop rude, dehors, trop brutal. Son corps en était battu, exténué. Plus il faisait d'efforts pour retrouver une vie libre, plus il avait l'impression que le monde et les autres se compacifiaient, se glaçaient. La voix douce de Cody parlait dans cette tourmente. Avec un accent désespéré que le médecin semblait ne pas pouvoir entendre.

Quel rôle attendait-on de lui ? Il croyait qu'on aurait une idée assez précise de ce qu'il allait pouvoir faire dehors. Découvrant que tout cela était confus, qu'on ne s'intéressait pas à lui comme il aurait fallu, il se sentit sans défense, désavantagé.

Pendant des mois, ce fut ce va-et-vient entre le monde et la prison. Le monde intarissable, rigide et offert. Cody vagabondait. Le problème majeur était de savoir comment tuer le temps. Nul lieu n'était suffisamment étroit, éreinté par l'attente des hommes pour être occupé sans se sentir obligé de s'activer.

Lorsque le temps était bien dégagé, Cody montait sur la butte qui dominait la ville. L'immensité frémissante, miroitante lui rentrait dans le cœur. Il aimait voir ça, les hommes solitaires ou accompagnés, vêtus convenablement, se précipiter vers l'inconnu, dans les snacks, dans les cinémas. Voir les deux fleuves serrer entre leurs bras boueux un lambeau illuminé de la ville. Et alors qu'il restait là, immobile, avec ses baskets trempées, déchirées, les mains vides, les yeux écarquillés, il fondait en sanglots. S'il y avait eu un moyen d'adresser un cri quelconque, il aurait probablement hurlé de colère, de souffrance, d'humiliation à ne plus savoir rentrer dans le monde. Le spectacle agité, incohérent, de la ville lui brûlait la gorge. Il avait bien pris l'habitude de feindre de ne rien remarquer de particulier, de ne penser à rien de précis. De ne rien désirer. Mais cet effort de distanciation pitoyable lui vidait le corps. Il crevait de vouloir tout être, de vouloir tout posséder, tout reconnaître. Puis il sombrait dans un découragement infini. Il prenait peur de cette prouesse barbare. Il pensait à ces personnages de la télévision qui racontaient à d'autres leurs maladies, leurs trahisons, en même temps qu'ils restaient beaux, désirables. Comme eux, Cody aurait aimé dire et faire les pires choses tout en devenant extrêmement sympathique. Avec les mêmes costumes froissés et élégants, les mêmes paroles justes qu'ils rabâchaient pour un oui, pour un non. Et une vie sauve, rachetée pour trois fois rien…

Dehors, c'était comme s'il venait à manquer de souffle. Pris par un vacillement de flamme inquiétant comme celui dû au manque profond de sommeil.

Cody supplia Tom de ne plus le laisser sortir. L'aventure dehors avait un goût de mort, d'irréparable. Toujours ce même sentiment d'être livré à soi, à la déchirante douleur de survivre. « Ça ne marchera pas », disait Cody. Tom sentit la colère l'envahir brusquement. Quelque chose l'ulcérait dans ce refus poli, idiot. Combien de temps encore va-t-il me supplier ainsi ? se demanda-t-il.

Cody éprouvait un manque de goût, une absence de curiosité pour l'extérieur qui était insupportable. «Je n'ai jamais rien vu de pareil», répétait sans fin Tom autour de lui. Cody devenait un mutant. Son corps portait peu à peu les traces d'une transmigration déchirante.

L'Administration décida d'accélérer la procédure. Tom aurait aimé pouvoir expliquer le tremblement curieux des mains de Cody quand il sortait. Ses mouvements mal ajustés, ce quelque chose de vieux, de cassé qu'il essayait en vain de remonter en lui, comme un ressort d'horloge. Cody titubait comme un enfant, avait le dos rond et frileux d'un chat aveugle.

Il tenta maladroitement un soir de faire un pacte. «Dis que je ne suis pas prêt. Laisse-moi du temps.» Il avait tellement mal partout dehors. Tant de difficultés à s'emboîter dans la gaucherie violente du monde. «Là-bas, je ne fais que gêner.»

Tom reprit son souffle. Il serrait le col de son pull et le remontait sur son menton. Dans cette cellule, il faisait froid. Il avait hâte de reprendre les couloirs vides, javellisés. Il jeta un dernier regard à Cody. Droit, inerte comme un pin mort. Il se dit qu'il n'y avait pas de raison pour empêcher la vie d'aboyer à nouveau comme un chien aux pieds de cet arbre d'homme. Enfoui dans la poussière des choses idiotes et douces. «Tu vas sortir, Cody, enfin tu vas sortir.

— Je sais bien que je n'ai pas besoin de le faire.»

Cody se pelotonna sur le lit en ramenant ses genoux contre sa poitrine. Il disait vouloir être prudent. Ne pas risquer d'aller trop vite. Tom n'écoutait plus. Il sortit de là avec l'image du corps fossile de cet homme recroquevillé devant l'écran de la télévision. Un corps de coton chiffonné comme un ballot de linge sale malheureux. Imprégné d'une odeur de désinfectant.

Dehors, il ne faisait pas encore nuit. L'air était doux, caressant, les ombres s'allongeaient. «Mais sa vie n'est pas finie! Que veut-il donc? Que peut-il bien chercher?» Il ne s'en tirerait jamais tout seul. Il n'était pas de taille. Comme si dehors Cody n'avait plus de racines. Comme s'il était devenu totalement ignorant de ce qu'il était nécessaire de faire, de savoir pour vivre libre.

D'habitude, ça ne durait pas. Ceux qu'on libérait plongeaient tous dans la cruauté gloutonne de l'extérieur. C'était comme un hymne qui les emportait et contre lequel ils se fracassaient souvent.

Tom s'arrêta dans une rue vide. Il comprit que la pensée de ce type découragé ne le quitterait plus.

7

Après les premières sorties, il y eut un long trou noir sans nom. De petites phrases, de maigres souvenirs revinrent le hanter comme un incompréhensible forfait. Trahis, oubliés, répudiés, ces mots, ces odeurs qui suffisaient peut-être autrefois pour tenir lieu de patrie. Oh! qu'en faire? Maintenant que tout sombrait dans la lumière extérieure. Il se débattait dans un filet d'angoisses et de peurs. Il énumérait en silence la liste des dangers possibles. La peur surtout d'être trahi par un comportement, un accoutrement qu'on n'aurait pas su contrôler. Un je-ne-sais-quoi de dérangé, de différent qui vous échappe toujours aux moments précis où on aurait besoin de ne pas attirer l'attention. Oui, il avait peur de surprendre, de gêner. Peur de quelque chose de sauvage en lui. De l'aspect effarouché de sa grosse silhouette. Ou de prononcer une parole déplacée.

Ç'aurait dû être un soulagement, des retrouvailles. Mais il y avait toujours ce reproche, cette rancœur qui sonnait dans la voix bruyante et anonyme du monde. Cette sensation de dépaysement, de mélancolie. Il y avait sans doute une faculté de reconstruction qui lui faisait défaut. De quoi reprendre pied. L'absence de contacts réguliers avec les autres, le spectacle quotidien de la télévision, les brimades, les horaires avaient comme usé le caractère immédiat et spontané de la vie. Ce côté insondable, énigmatique que certains hommes portaient même sur eux comme un vêtement, une seconde peau.

Cody voulut prendre des mesures claires, irrévocables pour réussir sa sortie. Il étudia sérieusement les gestes qu'il voyait accomplir par des êtres libres. Leurs enjambées, leur démarche pesante et agile à la fois. Aux caisses des magasins, on lui cloua le bec d'une façon sèche et distraite quand il se trompa en donnant sa monnaie. Il se sentit seul.

Il était parfois très difficile de savoir si on s'était bien comporté ou non. Il se tenait tremblant d'émoi, de peur dans le flot admirable des rues. On aurait dit un gros galet que la vie n'avait pas poli, un simple objet inanimé que les eaux sales emportent. Les façades des immeubles étaient saupoudrées de craie ou de sucre – il ne savait pas très bien. Le ciel liquide tombait sur vous. Cody sentait sa peau qui rougissait, ses rides se tendre et se creuser, tout son corps tenter un hymne mal-adroit à l'existence.

Il marchait. Il faisait aller ses jambes. Il ne remarquait jamais aucune différence, d'une sortie à l'autre. Il devinait seulement de manière confuse et sauvage des forces inconnues qui l'attiraient et le repoussaient. Cody ressentait une sorte de honte. Jamais il n'avait rien éprouvé de semblable. Il n'osait rien demander. Ce fut comme une crainte de tout le monde : des gens, des inconnus…

Honte et peur d'aller, d'entrer quelque part. C'était comme si chacun savait quelque chose sur son compte. Une de ces choses qu'on n'a pas le cœur de s'avouer à soi-même. On le heurtait. Les chiens grognaient et l'attrapaient parfois par un bout de pantalon. Il y avait l'inaccessible douceur du monde à travers des mots qu'il ne trouvait pas, qui devaient se donner grâce à une sorte de familiarité, d'intimité qu'il avait perdue.

Il fallait passer son temps à capter de très maigres signaux. Dans un état d'ébullition permanente. Cody restait sans voix, sans la moindre petite intelligence des messages infinis qui crépitaient autour de lui. Le monde ne transmettait rien de son bonheur. Pas la moindre petite larme. Tout était placé sous le signe de l'offre et de la demande.

Et tout était vide. Les gens lui faisaient peur. Ceux qui avaient travaillé toute leur vie et qui avaient des gestes funéraires, presque sacrés, pour emmailloter de la nourriture, des objets sans valeur. Il y avait toutes ces portes refermées, cette fin de non-recevoir qui agitait le cœur du monde et qui vous poussait indéfiniment à la recherche d'un refuge.

Tom découvrit, dès leurs premières sorties, une nouvelle expression sur le visage de Cody. Hostile et méfiante. Cody fatiguait. On aurait dit une abeille convalescente qui sortait d'une alvéole de nuit et de silence. Il semblait guetter. Attendre un signe. Peut-être mesurait-il ses forces avant de franchir un obstacle qui chaque jour, chaque heure même, devenait plus effrayant. Il aurait voulu se lancer à toute vitesse aussi loin que possible. Pouvoir se délivrer d'une seule phrase, d'un seul mot. Hélas! Le langage collait dans sa bouche. Ça s'agglutinait contre son palais brûlant. Il faudrait une amorce, un éclair.

Mais par où commencer? Où trouver soudain le courage, l'intelligence, la patience? Il s'efforçait de marcher librement. De siffler. D'avoir l'air d'un homme qui sait où il va. Mais dans son regard affolé, ce n'était qu'une gelée incolore. Oui, de la gelée tout simplement, celle que les enfants mangent sans savoir de quoi elle est faite.

On ne peut pas imaginer la gêne qu'on éprouve devant les autres correctement vêtus. Quoi qu'ils fassent, quoi qu'ils disent, les autres sont un rêve. Ils ont tous une voix douce, inquisitrice. Ils vous remarquent à peine. Comment une planète pourrait en voir une autre ?

La révélation du dehors, le buisson ardent et amer de l'extérieur.

Cody comptant ses additions pièce par pièce. Stupéfait. Découvrant qu'il était un objet de dérision, condamné au ridicule, à la maladresse.

« Il faut y croire », répétait inlassablement Tom avec cette voix déchirante des autres. *Croire*. C'était toujours la même chose quand un homme devait prouver son droit à l'existence parmi les autres. Toujours aussi involontairement drôle. Avec le sentiment qu'il pouvait bien se mettre à mordre, à ruer, rien ne changerait. L'irréparable n'y ferait rien.

Dehors, c'était frappant, on ne le remarquait pas. Il passait inaperçu. Les gens étaient agglutinés comme des mouches. Moroses, sourcilleux. Peut-être leur avait-il ressemblé un jour, se disait Cody avec un étonnement douloureux.

Cody rêvait des autres. Il rêvait d'une vie endiablée. À une table de café, devant la circulation clairsemée d'une soirée. Lui, le défunt parmi les vivants. Ses chaussures mal lacées parce qu'elles lui faisaient mal. Toujours aucun signe de vie – mélange de perplexité et de joie idiote – on ne faisait pas attention à lui. La nuit tombait. Il se levait précipitamment. Il s'éclipsait. Une grosse femme prenait sa place avec impatience.

Les premiers êtres qu'il avait observés, c'était les femmes. Avec l'impression qu'elles faisaient partie d'une autre réalité. Il aurait voulu les lamper, les gober comme des huîtres, tout en se doutant qu'il lui faudrait un courage extraordinaire, une foi de héros dans une vie inépuisable et éternelle. Chaque fois, il en voyait de nouvelles. On aurait dit un émigrant prenant pied sur le Nouveau Monde. Il vacillait. C'était comme un chant d'allégresse qui éclatait autour d'elles. Il entrevoyait une fusion possible. Le sentiment d'être présent. Il serait sauvé de justesse. Rédimé par la peau d'une femme. Délivré du déboussolement par leurs bras.

Un jour, dans un quartier agréable où il s'était un peu perdu. Pris par le sentiment terrible de vivre simultanément aujourd'hui et bien longtemps avant. Il y eut ces lobes d'oreilles duveteux tendus par de lourdes boucles dorées. Le pas aigu des talons. Un geste puéril sans doute qui révéla une jambe. Et ces yeux sombres où devait se dissoudre en permanence une lave en fusion.

Ce fut tout.

Sa première inconnue.

Une envie gauche d'être un autre. De s'habiller, de se peigner correctement. Et de sentir bon.

Dans les enfilades des rues, dans les magasins, dans les viscères du monde. Elles étaient éparpillées aux terrasses des cafés. Vautrées dans des automobiles, leur corps toujours fraîchement poignardé par il ne savait quoi. Il devinait le tracé de leurs veines mauves, parfois noires. Avec une épouvantable envie d'en finir. Bercé par leurs mains maternelles qui auraient réveillé ainsi des blessures qu'on croyait guéries.

Leurs corps formaient d'étroites avancées de bonheur. Et donnaient à Cody des idées lumineuses et impossibles d'une humanité indécente, sauvage. Il arrivait que leur visage se radoucît. Ça commençait par les yeux, les joues, et la bouche devenait molle, fiévreuse presque, légèrement gonflée par une mystérieuse chaleur. Cody devinait un rire craintif sur les lèvres. Il pensait à une posture obscène, ouverte. Mais les inconnues passaient sans le voir. Elles irradiaient d'une culpabilité merveilleuse. Il sentait qu'il n'était plus un homme. Il les laissait toutes défiler devant lui, regardant chacune dans les yeux sans en manquer une seule. Elles suivaient des chemins détournés, sinueux. Avec une traîne parfumée qui sentait aussi la mort. Oh! elles ne se dérobaient pas. Elles passaient assurées et graves, infiniment souples. C'était comme quelque Annonciation désespérément retardée. La joie refluait. La bière chaude qu'il avait bue lui donnait mal au cœur. Il avait l'impression qu'il faisait de l'équilibre sur le bord d'un précipice. Il voyait les filles s'échapper comme un essaim, se disperser dans l'impatience de vivre avec d'autres que lui. Il imaginait maladroitement leurs corps nus toujours en mouvement. C'était comme si on lui avait volé quelque chose, un morceau de chair, un cri de plaisir. Il replongeait alors dans le gouffre, dans les ténèbres. On pouvait le voir adossé à un mur. Le souffle coupé.

Ah! où est la vie?

Un de ces jours, il étranglerait de nouveau quelqu'un. Quelqu'un de noyé dans les larmes.

Tom lui rendait toujours visite et s'inquiétait de ses premières sorties. Il y avait alors dans le regard de Cody quelque chose qui lui disait qu'il n'était pas totalement dupe. Une sorte de lucidité cruelle faite d'imploration et de désespoir qui faisait honte à Tom. Sa personne devenait chaque fois plus étrange, moins familière sans doute, mais plus douloureuse. Son regard rétrécissait. Sa forte corpulence augmentait. On aurait dit qu'il s'usait à devoir annexer de nouveaux territoires qui lui étaient toujours repris. Sans projet, sans idée de l'avenir.

Tom commençait à comprendre qu'il ne parviendrait pas à garder suffisamment de distance. Quand il revenait d'une sortie, Cody donnait l'impression d'être complètement soûl, ou simplement touché par un sentiment mélancolique d'apesanteur. Il en était presque drôle, pensa Tom. Avec cet air avide et terrorisé, digne de Stanley et Livingstone au fond de la jungle, cette allure débraillée de quelqu'un qu'on a forcé. Mais en le regardant avec plus d'insistance, Tom voyait autre chose. Quelque chose de familier et de singulièrement proche dans ses yeux perdus et rêveurs – seulement Tom ne parvenait pas à donner un nom à cette minuscule flamme d'amitié ou de tendresse qui apparaissait dans le regard de Cody. Bêtement il se disait que c'était la source d'un désir qui tremblait. Désir de vivre encore. Oui, il vivrait. Cody allait revivre. Ne fût-ce qu'une dernière fois !

Comme cette pensée était douce et bizarre. Ce serait une ramille toute gluante de jeune sève. Une stupide et lamentable petite rumeur de joie.

Cody s'était remis à lutter sans forces contre des frayeurs nocturnes qui avaient disparu. Liées sans doute à cette brutale émergence de la vie extérieure. À mesure que se multipliaient les sorties, le sentiment douloureux de se retrouver au cœur des entrailles d'un monstre se renforçait. Des sécrétions acides le prenaient à la gorge. Des relents d'amertume et de sueur. Les émanations épicées et rances des restaurants lui serraient l'estomac. L'odeur du voisin inconnu, de la foule. Cela l'empêchait de se concentrer.

Il ne savait rien dire ni faire. Sa trop longue captivité avait usé les pouvoirs de communication spontanée. Et s'il avait été ainsi aveuglé, c'est que quelque chose était venu loger en lui. Une bille opaque et blessante. Il suppliait ainsi Tom de lui épargner ce retour à la vie. Il n'y avait donc rien de commun entre eux. Pas la moindre petite clairvoyance à partager. En frères.

Celui qui a faim ou soif, on peut le satisfaire, murmurait Tom, la gorge serrée. Mais celui qui n'a plus faim, que faire de lui ? Le corps de Cody semblait inébranlable, sans besoin.

Il en exhalait, outre cette odeur d'aisselles et de peau moite, une sourde tristesse qui faisait mal.

Cody ne disait pas grand-chose. On devinait seulement qu'il souriait sans comprendre, à la manière des innocents. Pas un sourire franc. Mais de coin, le visage légèrement penché. C'était une douce personne. Qui aurait bien voulu courir, retrouver le monde, mais la force n'y était plus, comme disait maman. Il se repliait davantage à présent. Il se contractait comme un gros crustacé lambin. «Il faut te secouer», répétait Tom. Cody restait tout silencieux, aux aguets d'un événement impossible. En train de se redire inutilement les mêmes choses idiotes et douces.

Tom ne pouvait plus penser sans penser à lui. À sa résignation d'esclave, à sa consistance de poule en gelée, de limande obèse. Il ne pouvait plus parler sans parler de lui. De son corps gonflé par une piqure de guêpe bourdonnante. De son allure pataude, de sa peau blanche et grêlée. De l'évidence de sa beauté d'homme plus démuni qu'un chaton.

Tout était paix près de lui. La terre avait cédé sous ses pas incertains et flottants.

8

La procédure de libération avait abouti inexorablement. Avec une obstination terrifiante. Il ne comprenait pas comment on avait pu décider cela. C'était comme si on le chassait en l'amputant de sa condamnation. Il avait entendu un jour à la télé qu'on libérait n'importe qui quand on n'avait plus de place pour les nouveaux prisonniers. Ces derniers temps, ils étaient légion. On lui répétait qu'il serait mieux dehors. «Je n'ai rien à faire là-bas», répondait-il. Maman avait disparu. Les copains l'avaient probablement oublié.

Tom, de son côté, fut submergé par un sentiment de découragement comme il n'en avait jamais connu auparavant. Cody ressemblait à une grosse pierre de lave qui se craquelait au contact de l'air libre. On aurait dit que sa poitrine était en fonte, que tout son corps était inamovible. Près de lui, Tom s'essoufflait plus vite que d'habitude. Par mimétisme. Observant les côtes de Cody qui se soulevaient avec difficulté comme s'il avait été enseveli sous une masse invisible dont il aurait à peine essayé de se dégager. « Cody, qu'est-ce qu'il y a ? Tu es souffrant ? » Et Cody lui lançait un de ces regards cotonneux, sans lueur, qui faisait mal et vous inoculait de la faiblesse, du renoncement. Il chancelait en avançant de quelques pas, à la recherche d'un sol plus ferme, d'un lieu plus étroit.

Quand Tom commença à comprendre cet attachement pitoyable que lui témoignait ce triste compagnon, il en éprouva une perplexité nouvelle. Tout les opposait. Il parut même douloureusement gêné. Tom n'était là que pour quelques mois, le temps d'aider Cody à reprendre pied dans une vie quotidienne et responsable. Il ne connaissait rien de la faiblesse, du découragement de Cody. Les circonstances de leurs vies étaient aussi différentes que possible. Que faire de ce type dépenaillé qui n'incarnait rien et qui lui tombait dessus sans un mot ? Cody lui demandait des connaissances si simples, si élémentaires qu'elles en devenaient soudain, face à lui, intransmissibles. Tom, au début, crut que c'était de sa faute. Il avait peut-être rêvé pour Cody une rentrée triomphale et douce dans le monde. Il avait sans doute voulu le voir courir vers les gens pour les soûler de paroles, au lieu de quoi Cody avait sobrement refusé de s'y faire. Refusé de reconnaître qu'il pouvait encore appartenir au monde. «C'est ton droit, c'est ta chance», lui disait inlassablement Tom. Il ne répondait rien. Une grande irréalité s'était emparée de lui. Oh! bien sûr, tout restait possible, concédait gentiment Cody, mais c'était comme une immense fatigue qui venait enliser le moindre mouvement d'adhésion qu'il pouvait esquisser en direction de la vie ordinaire.

Les sorties se multiplièrent. Cody voyait ruisseler les murs de lumière. Les arbres se balancer. Tout cela à ses yeux n'était que de simples convulsions qui lui rendaient la bouche sèche. Ses yeux devenaient rouges, dehors. Il reniflait de plus belle.

Il regardait défiler les rues, les parcs, d'innombrables voitures sur les voies rapides, et surprenait au fond du ciel le décollage d'un avion. Il se demandait vaguement si dans ce monde-là une place l'attendait.

«Ai-je une patrie? Ai-je un coin dans le monde pour y poser ma fatigue, ma peur?» Tom esquivait ce genre de questions. Cody le retenait par la manche et faisait des grimaces pour implorer sa patience, pour attirer son attention sur la situation d'impuissance, d'abandon qui était la sienne. « Tu es mon ami. » Ces mots effrayaient Tom. Ils venaient d'un homme lavé de tout courage, de toute volonté. Cody le suppliait de rentrer quand ils sortaient ensemble. « Ramène-moi. » Ou bien il fallait se précipiter dans un bar, dans une salle de cinéma. Retrouver l'air confiné, la douceur moite de l'entassement.

Les appels à l'aide devinrent de plus en plus confus, balbutiés. Cody s'essoufflait. Ses lèvres articulaient à peine un langage qu'on avait du mal à comprendre, mais dans lequel on commençait à percevoir des tiraillements, des surprises douloureuses qui ouvraient comme des failles, qui formaient des plaies.

La trop grande splendeur des lieux, des magasins, la touffeur irritante et bruyante du monde, lui causaient une impression pénible. C'était on ne peut plus bête. Impossible d'expliquer à autrui cette incapacité, cette infirmité. Cody ne savait plus parler des choses simples qu'on vit dans le monde. C'était comme un arbre vidé de sa sève. Il contemplait ahuri les visages des gens qui soupiraient après les petits défauts de leurs existences. Qui se plaignaient avec gravité des avanies du temps. Le monde entier lui parut suspendu à cette tendre médiocrité, à ce peu de valeur qui occupait tout l'esprit des gens.

Cette sorte d'inattention à l'atmosphère délicieuse et secrète de la vie qu'il rencontra au cours de ses sorties le bouleversa. Comment pouvait-il y croire si ceux qui étaient restés dehors n'étaient pas non plus capables de la grâce quotidienne d'être vivants et libres? Il avait le sentiment désabusé que les gens ne faisaient plus attention à un émerveillement qu'ils connaissaient par cœur. Qui donc aurait pu le lui apprendre? Non, les gens étaient distraits. Et tout cela riait mollement sous cape, battait des ailes pour un rien. Ça défilait en désordre, traînant bébés et momies, poussant des sarcophages de victuailles, des landaus muets. À certains moments mystérieux, ça se coagulait, ça se figeait pour s'émietter au vent.

Cody ne connut donc pas d'anticipation joyeuse. Pas de remémoration. Il se dit que la vérité du monde devait se donner d'un seul coup brusque. Ou bien alors il vous fallait rester mélancoliquement suspendu à une révélation paresseuse, indécise et qui tardait.

Il avait l'air de plus en plus las et piteux quand il devait sortir. Il suivait un stage de réinsertion. Son visage bouffi, pâle, aux traits mal dessinés s'était terriblement ridé autour des yeux. C'était quelqu'un à qui il n'était pas facile de dire les choses, même celles de la vie de tous les jours. Surtout celles-là. Parce qu'il

121

était si flou, presque sans ombre et en dehors de tout. Il flottait.

Le monde était un champ stérile. Cody ne parvenait pas à y enraciner la moindre petite présence. Pour y semer quelque chose, pensait-il, il fallait s'armer de la patience d'un saint. Et l'ombre de tous les autres debout sur la terre qui tournait lui donnait le vertige. Il trouvait sa libération imprudente, désastreuse.

Il avait imaginé qu'il existait des catalogues, des modes d'emploi. Que les objets seraient répertoriés, classés. Que les mots seraient rangés par ordre et selon leurs propriétés ou leurs vertus. Mais il découvrait avec souffrance un univers de trapézistes, de funambules. Tout n'était que rétablissements en catastrophe, virevoltes, trahisons. Une fois, il voulut se rendre à l'aéroport pensant que, là, les avions traçaient de grandes lignes droites et pures sur la terre comme au ciel. Ce fut semblable à un immense parking désert et désolant. Avec des flaques d'huile, des camions abandonnés. Et des caillots noirs de voyageurs rassemblés sous les exhortations des hôtesses à la beauté intimidante.

Dans les rues, les adolescents roulant sur des patins le bousculaient et l'effrayaient. Il essayait d'attraper des bribes, des morceaux de ce qu'il voyait. Il en avait les mains transpercées. Quand il rentrait à la prison, il avait le sentiment désastreux d'un éclaboussement. Il avait échoué parmi des vagues, des remous. Il n'avait jamais rien effleuré d'autre que des flammes ou des glaçons. Le monde entier, avec ses immeubles comme des pics, ses arrondis vertigineux, un ciel jaune formant un glacis vitreux, ressemblait à un énorme château fort imprenable, inaccessible.

Tom aurait aimé oublier Cody, et ne plus prêter attention à ses défroques, à ses airs de seconds rôles éternellement perdants. Parfois il se demandait très sérieusement si Cody avait gardé conscience du prix de l'existence. S'il avait encore ce que les mamans et les juges appellent une «vie intérieure». Il n'entendait jamais dans sa bouche le moindre propos de plaisir, de souffrance ou d'agacement. Sans doute était-il timide, soigneux de certaines choses, méfiant. Tatillon. Mais il donnait toujours cette même impression désolante de filer tout droit dans la nuit à travers un océan de misères infranchissable. Et quand on le voyait tituber dans un magasin, errer dans les rues, on ne pouvait pas s'empêcher de se demander comment il aurait fallu faire pour regarder le monde sous le même angle que lui. Il aurait fallu peut-être ne pas savoir tout manipuler avec adresse. Ne pas caresser les cuisses des femmes, ni porter des vêtements seyants. Ne pas vouloir partir en virée avec des amis. Ni même craindre la mort. Ni faire des enfants et maudire le temps qu'il fait. Ne pas être ce pauvre type, pris comme *moi* dans la marche du monde, les chemises couvertes de vomi et de pleurs d'enfants, qui se croit trop souvent indispensable, qui parle du Temps, du Ciel, de la Vie avec le goût sucré et légèrement amer d'être quelqu'un. Et ne pas cracher non plus sur la télévision idiote et douce, ni se moquer de ceux qui affirment en tremblant avoir rencontré des extra-terrestres.

Cody, lui, donnait l'impression de piétiner dehors, de battre indéfiniment le pavé. Sans curiosité, sans tentation. Et passant le plus gros de son temps libre à résoudre maladroitement des questions de transport, de direction, d'espaces à franchir. Sa forte corpulence ne suffisait pas à effacer cette impression de fragilité qu'on avait en le voyant. Sans même connaître son histoire, on devinait que cet homme n'avait pas été exposé longtemps au soleil, à la pluie. Il avait été préservé, horriblement épargné. Sa peau douce et presque laiteuse en témoignait. La mise à l'écart, le bannissement l'avaient protégé. Il se couvrait mal, d'ailleurs, et attrapait des rhumes carabinés dont il ne savait jamais vraiment guérir. Mais ce qui captait l'attention chez lui, c'était ce visage un peu mou, depuis qu'il sortait régulièrement, cette physionomie empreinte de faiblesse. Il semblait ne rien connaître. N'avoir rien vécu. Il avait seulement épousé les convictions troublantes d'héroïnes télé toujours au bord des larmes. Il incarnait ce monde d'images molles, figées, qui ne lui demandait rien. Qui donnait tout sans exiger quoi que ce soit.

Il se passa cette chose étrange qu'il devint obèse alors qu'il ne mangeait presque rien dehors. Difficile d'avoir les gestes, les mots qu'il fallait pour se nourrir correctement. C'était le vide bruyant du monde extérieur qui le remplissait de larmes gelées, qui gonflait son ventre. De retour en prison, le soir, il se gavait comme un enfant. Fixé devant les programmes télé. Homme sans contenu, avachi, sans entrailles, plissé, effondré sur lui-même.

Il apparaissait à son stage enveloppé de vêtements gris comme des gazes, fourbu comme une vieille chose sortie à l'air libre. Il avait moins de temps pour regarder la télévision. Peut-être en souffrait-il. On le voyait caché dans son silence. Au début, cela n'avait pas trop inquiété. Mais les semaines passant, on trouva qu'il parlait trop mal, qu'il ne faisait aucun effort. « Cela ne t'intéresse donc pas ? lui demandait-on. Tu n'as pas envie de t'en sortir ? » Il vous regardait avec des yeux humides. Il répondait invariablement : « Ça ne m'intéresse pas... Pas plus que le reste. »

Il voyait régulièrement Tom. Il lui disait qu'il n'en pouvait plus. Entraîné par son gros ventre à travers une obscurité impénétrable. Un ventre d'ours ou de baleine. Les gens du stage cessèrent peu à peu de s'occuper de lui. Rien à faire. On s'aperçut avec une stupeur indignée, gênée, que Cody était incapable de la moindre attention envers les autres. Il n'avait pas de curiosité pour autrui. Quand il fallait répondre à quelqu'un, prendre une initiative, son regard de carpe affolée fuyait vers l'ombre. « Froussard, paresseux ! » entendait-on autour de lui. Il intriguait et agaçait avec ses grandes poches pleines de cartes qu'il ne pouvait pas lire, d'indicateurs de chemin de fer, de tickets périmés... « Oh ! il y a de drôles de types ! » disait-on.

Enorme, isolé. Il préférait qu'il ne se passe rien. Pas même une petite parole de consolation ou d'encouragement qu'on lui aurait dite sans la penser vraiment. Pas même cela. Le mot bonheur ne lui évoquait rien de particulier. Celui de liberté non plus. Ou seulement une très vague impression inconfortable d'être ballotté. Dehors, il y avait la gêne, le bâillon de timidité, d'idiotie qui s'épaississait à mesure qu'on le poussait, qu'on l'encourageait. Cela le submergeait au point de le briser. Il semblait ne rien comprendre, ne rien saisir autour de lui ou que de très fins lambeaux. Cody se retenait constamment aux murs, vêtu de ses deux manteaux enfilés l'un sur l'autre et qu'il avait mis un temps fou à choisir au dispensaire. Mal cuirassé comme un chevalier descendu d'une autre planète moins riche, moins heureuse que la nôtre. Perdu au milieu du va-et-vient de la foule, des conversations, des odeurs déchirantes de corps essoufflés, de ruisseaux, de nourriture. On aurait cru qu'on lui avait ordonné de rester planté là. Dévoré par l'oubli des moindres choses du monde. Il avait sur lui la détresse particulière des sans-logis. Cette impossible familiarité qu'il traînait sur lui, que les passants craignaient comme s'il s'agissait de faire en sorte qu'il n'ait jamais existé. Parce que dans son regard, on devinait qu'on avait tué le monde.

Tom dut admettre qu'il n'avait jamais rencontré un homme comme lui. Il se disait que Cody appartenait à cette espèce de criminel hors du commun. Incapable de remords. Figé dans une douceur de catafalque. Il ne demandait qu'une chose : qu'on l'oublie, qu'on l'abandonne.

Mais peu à peu, Tom sentit braqué sur sa propre existence le regard triste et absent de Cody qui se raccrochait à lui. Comme si Cody émergeait à peine de son obstination pour se livrer comme un condamné à Tom. Cody l'implorait en silence. Il lui demandait quelque chose d'inouï, d'impossible. «Il veut m'entraîner avec lui, se disait Tom avec effroi. Il sent qu'il va avoir besoin de moi…» Cody l'observait fixement comme un chien. Il semblait dire : «Garde-moi près de toi. J'ai moins peur avec toi.» Et il cherchait sur Tom quelque chose de rassurant, de tiède, d'éternel. On aurait dit un pèlerin devant les reliques. Pourtant rien de précis, rien de décisif dans cette attitude ne justifiait la panique de Tom. Mais ce compagnon découragé le guidait inexorablement vers un sentiment confus de compassion et d'amour. Tom se sentait attiré vers Cody. Son immobilité, sa présence figeante, tremblotante, emportait tout. Il y avait à ses côtés comme un consentement à la défaite du monde, à la déchéance de la volonté, une idiotie douloureuse, égalisatrice, négatrice de soi.

Cody observait Tom de la même façon qu'un oiseau sur son perchoir. D'une paire d'yeux idiots et doux. «Ce qu'il peut être agaçant!» se lamentait Tom qui essayait d'effacer l'impression honteuse, désagréable d'être dominé par ce sentiment d'amitié ou de compassion (il ne savait pas très bien) envers un homme aussi désolant. Aussi peu encourageant. Il s'aperçut progressivement qu'il ne pouvait plus rien faire sans immédiatement penser à Cody. Il aurait voulu tout partager. Comme on partage sa première cigarette, ses premières histoires avec les femmes. Pourtant Cody n'avait rien d'un ami. On le sentait seulement capable d'une présence détruite – envahissante et détruite. Tom se surprenait de plus en plus souvent à chercher à le toucher, à lui bredouiller des mots d'apaisement. Le plus étrange, c'était cet élan de tendresse violent, incontrôlable et qui semblait venir d'une région de lui-même qu'il ne connaissait pas. Il en arriva même à prendre les inflexions tristes de sa voix, ses gestes lents, désœuvrés. Il voulut lutter contre cette force qui le poussait contre Cody. Ce fut comme un déchirement.

«Il me fait peur», se disait Tom. Est-ce qu'avoir peur de lui c'était trop le comprendre? Ou découvrir l'origine perdue, enfouie du lien qui le nouait à cet homme catastrophique. Une sorte de découragement absolu, de désespoir inconnu s'emparait de l'éducateur. «Mais qu'est-ce que je vais faire de ce type ? » Il voulait s'en débarrasser sachant que plus il tarderait à le faire, plus il en souffrirait.

« Tu ne veux donc pas être libre ? Retrouver du travail ? demandait Tom.

— Si… Si », répondait Cody. Il mentait. Tom le voyait bien et prenait peur. « Mais je ne veux pas travailler. Et je ne veux rien savoir faire dehors. Je ne veux rien savoir. »

Tom se bouchait les oreilles et criait : « Tu peux commencer une nouvelle vie ! »

Sans doute, pensait Cody. Seulement, quand on lui disait ça, il n'arrivait pas à se l'imaginer. Il ne l'avait jamais entendu dire sérieusement, d'ailleurs. Cela n'avait pas de valeur pour lui.

On lui disait : « Tu peux marcher, te promener. » Ça ne lui disait rien. Il pensait à sa mère qui lui conseillait de marcher, de courir, de se dépenser. Il se souvenait qu'il s'enfermait dans le coin le plus reculé de sa chambre. Il refusait d'en sortir. « Va dehors, répétait maman, il fait beau. » Maman le chassait. Cody n'avait jamais cru au miracle du dehors.

« Sale type, sale, sale type ! » murmurait Tom. Dans son dos, il savait que le regard lassé et comminatoire de Cody le suivait. Ça pesait sur ses épaules. Ça le prenait comme une incroyable gueule de bois, un gigantesque abattement. C'est de la peur, reconnut Tom. Peur d'aider sans espoir un homme rejeté, oblitéré. Peur de ne plus jamais pouvoir s'en débarrasser. La compassion qu'il éprouvait pour lui serait comme un poids qui le ferait plonger de force. Qui le maintiendrait sous l'eau. Souvent Tom pensait qu'il pouvait décider de l'abandonner une bonne fois pour toutes. Il n'était plus obligé de le revoir à présent. Son stage prenait fin. Il lui aurait souhaité bon courage. Il ne l'aurait plus jamais revu.

Quand il l'invita chez lui, désespérant de le savoir perdu, incapable de se prendre en charge plus de deux ou trois jours, Tom lui dit qu'ils pourraient ainsi discuter tranquillement de ce qui l'effrayait tant. Des difficultés qu'éprouvait Cody à imaginer sa sortie définitive.

Cody prit l'habitude de passer chez Tom. Il frappait à la porte de l'appartement. Il ne disait rien ayant perdu l'habitude de saluer, de s'excuser. Tom faisait semblant de ne pas être étonné de le voir rappliquer parfois très tard dans la nuit. Il devinait qu'il n'avait pas supporté de rester à l'hôtel. On ne pouvait guère lui reprocher son impolitesse, son manque d'attention. C'est pourquoi un accord tacite s'instaura qui permit à Cody de venir coucher chez Tom dès qu'il en éprouvait le besoin. Tom accepta mais sans jamais aller jusqu'à lui confier une clé de l'appartement. Quand il était là, il ne se sentait pas le courage de lui expliquer que ce n'était qu'un abri supplémentaire, que ce n'était peut-être pas une solution définitive. Même si, pour commencer, on pouvait comprendre que cela l'arrangeait. « Tu restes ici, ce soir ? » demandait Tom feignant une désinvolture amicale. Cody ne répondait jamais. Il se contentait de s'asseoir dans le canapé et d'allumer la télévision. Maîtrisant son impatience et sa secrète irritation, Tom ajoutait : « Il y a de quoi manger dans le frigo. » Certains jours, il se surprenait à l'attendre. Agacé. Viendrait-il ? Tom savait qu'il avait reçu l'autorisation de passer la nuit dehors. Il s'inquiétait de ne pas le voir arriver. Il devait encore errer sans comprendre ou pleurer dans sa chambre d'hôtel. Il en venait à souhaiter tout haut qu'il vienne, qu'il frappe à la porte. Abasourdi, sonné par cette attente, Tom découvrait qu'il ne supportait plus de savoir Cody livré au désespoir, seul, dehors.

« De quoi t'accuses-tu ? Tu ne lui dois rien ! » Il allumait la télé en pensant à Cody. À cette honte particulière qu'il avait et qui le détachait de tout. À ce découragement qui le rendait à la fois suave et rebelle, têtu.

Puis arrivait Cody enfin. Tom, filiforme (il maigrissait et dormait mal) et tendu, voulait inventer une excuse pour le chasser. Vexé sans doute de l'avoir tant attendu. Mais Cody avait mauvaise mine. « Tu es très pâle. Tu es encore enrhumé », ne pouvait s'empêcher de remarquer Tom d'une voix grêle et nerveuse. Ainsi, sans jamais vraiment abandonner l'idée de se séparer définitivement de Cody un jour, Tom n'envisageait plus cette séparation que comme une échéance inéluctable, certes, mais de plus en plus lointaine et compliquée.

Le week-end, il voyait Cody surgir derrière sa porte. Il le voyait attaché à une demi-somnolence geignarde, à une peine embarrassée qui le faisait ressembler à une grosse baleine échouée. Il se laissait convaincre de partir, de retourner suivre son stage quand il l'avait abandonné, après une longue résistance passive qui décourageait Tom. Cody se tenait immobile, possédé par la répulsion du dehors. Comme s'il avait un lointain souvenir de sa mère lui criant, après l'avoir chassé de la maison : « Cody, reviens ! Tu vas encore attraper froid. »

« Tu crois que je ne te vois pas tirer au flanc ? Que je ne sais pas que tu te laisses couler comme une grosse pierre ?

— J'ai mal à la tête », répondait Cody.

133

Ses jambes étaient molles. Elles le soutenaient difficilement dehors. Ses genoux lui faisaient mal. Maintenant, il prenait l'habitude de piquer du nez, en lançant des coups d'œil tristes à Tom. Il attendait avec résignation les reproches, les phrases des autres qui moissonnent en vous tout courage, tout élan. Ces mots comme des serpes qui fauchent le peu de bras, le peu de jambes qui vous reste face au monde. Il attendait les sourires sans pitié, les sourires glacés.

Un soir de cette liberté provisoire encore, Tom voulut entraîner Cody dans un bar. Il alignerait les bouteilles devant lui : whisky, gin, cognac. La gnole lui donnerait des tripes. Cody était dépourvu du moindre courage. Il cédait immédiatement devant la volonté des autres, ou bien il s'obstinait à ne rien faire, à ne rien dire. Cet abandon, cette mine apeurée étaient pires que de la résistance. On avait le sentiment d'une imprudence fatale, d'un danger obscur à voir cet homme sans âge se laisser porter avec découragement d'un jour à l'autre. On ne savait pas bien comment exprimer cela, mais on pensait qu'à simplement exister, à ne faire preuve d'aucune volonté, il était menacé par la vie elle-même. Comme si la détérioration était inévitable. Tom non plus ne trouvait pas d'explication à ce phénomène. Un jour, il serait trop tard, pensait-il avec angoisse car cela le concernerait. Trop tard pour quoi, il n'en avait encore aucune idée. Il comprenait à peine le sens de tout cela. Il savait seulement avec certitude qu'il ne serait pas capable d'abandonner Cody.

« Ce genre de type, murmurait Tom, c'est comme une catastrophe naturelle. Plus on lui résiste, plus on le paie cher. » Un martyr qui tout en cédant à votre violence, à vos tortures, à vos injures ne renoncerait à rien.

Le bar était un de ces établissements crépusculaires dans lesquels tout se défait imperceptiblement à votre insu. Cols de chemises, cravates, pensées diluées. Cody recula d'abord. Cette ambiance ouatée, assourdie, lui fit peur. On leur servit des amandes grillées et du whisky à l'eau. Près d'eux, il y avait une belle fille. Une liane comme Cody en voyait à la télé, et qui lui évoquait immanquablement, sans qu'il comprenne très bien pourquoi, la fine nageoire d'un poisson argenté qui émergeait un instant avant de disparaître pour toujours. C'était comme un soubresaut, un éclair qui l'unissait à un monde merveilleux quelques fractions de secondes seulement. Et ce soubresaut le terrassait. Lui laissait la tête vide et bourdonnante d'une guêpe au soleil.

Il commença par être incommodé. Son cœur battait violemment et il eut l'impression que ses coups ébranlaient les murs autour d'eux. Les autres les regardaient avec curiosité et embarras. La mort à cet instant lui parut un destin très doux. Le visage de Tom s'était fermé. Pourquoi avait-il la même attitude dure et fixe que les autres? Cody l'entendit le tutoyer comme on tutoyait un chien. «Tiens-toi correctement! Ne fais pas cette tête-là.» Mais Cody pensait aux espions des séries télévisées qu'on voyait parfois dans des bars. À ces histoires de courage, où des hommes préservaient intacte et pure leur foi dans un combat interminable et rédempteur. Leur vie n'était qu'une impressionnante succession de rebondissements au-dessus de l'abîme. «Je serais bien incapable d'en faire autant», songeait-il en refusant les verres qu'on posait devant lui. La belle fille avait disparu.

«Est-ce que tu vas boire? Oh! est-ce que tu vas boire à la fin?»

Cody se sentait mal. Et son air affligé, esseulé semblait narguer Tom.

«Tu te fiches de moi, oui… Attends un peu.»

Le coup partit brusquement. Cody se couvrit à peine le visage des deux mains et s'écroula. Ses genoux vinrent cogner brutalement son menton. Il se retrouva par terre dans une posture pitoyable. Rampant à tâtons, il chercha les lunettes que la gifle avait fait voler de son nez. Les habitués du bar regardaient la scène en se serrant les uns contre les autres. Cody baissait les yeux. Trop lâche pour supporter leurs regards effrayés au bord de la pitié et ne s'y abandonnant pas. «Sortez, je vous en supplie», dit le garçon. Dans les yeux vides de Cody, on vit passer une ombre d'incompréhension qu'on prend parfois pour de la tristesse chez les animaux qu'on maltraite.

Dans la rue, ils restèrent silencieux. Tom lui offrit une cigarette. La flamme du briquet fit briller les yeux noirs du malheureux. «Tu n'es donc plus capable de te défendre?» Cody ne répondit pas. La force l'avait abandonné pour toujours. Tom l'observa un long moment dans la nuit. Il fut pris d'une indicible tristesse. Cody s'était rapproché doucement et s'appuya gauchement contre lui en lui prenant le bras. Tom crut qu'il cherchait à l'embrasser. Un secret les unirait désormais. Un secret dangereux, indestructible, un inévitable secret.

Tom décida que Cody passerait la nuit chez lui. Une façon comme une autre de se faire pardonner. D'ailleurs, mumura-t-il, Cody savait qu'il pouvait passer quand il le voulait. Il savait qu'il avait un ami sur qui compter. « Tu as besoin de quelqu'un », lui expliqua-t-il avec tendresse et effondrement. Puis il songea que cette affirmation était embarrassante. Il aurait préféré ne pas notifier aussi clairement les choses entre eux. Et très bizarrement, Cody parut s'émouvoir davantage des paroles de Tom que de sa violence. « Tu ne parles pas ? » demanda Tom. Cody marchait difficilement près de lui. Peut-être pensait-il à la cicatrice indélébile tracée par les mots. Par ces mots qui lui échappaient toujours et derrière lesquels il entrevoyait des mondes impossibles à saisir, une exultation presque religieuse.

Il ne se rappelait jamais exactement les paroles qu'on employait avec lui, mais il sentait toujours en chacune d'elles qu'on allait lui révéler un mystère. Il pensa ce soir-là refuser l'hospitalité de Tom pour lui prouver son indépendance. Il en éprouva une grande crainte. Comment décliner l'invitation généreuse de Tom quand on n'était qu'un fantôme, qu'on ne savait jamais vraiment quelle heure il est, qu'on n'entendait jamais un oiseau chanter. Il était oublié de sa famille, du monde, il n'avait pas d'autre choix. Dehors, dans la nuit, le froid le gagna. Tom, avec une prévenance douloureuse, s'en aperçut et jeta sur ses épaules, sur son gros corps transi, un imperméable bleu. «Allez, viens donc.» Tom se sentait contaminé par l'abandon de ce compagnon, par son effondrement silencieux. Il suffit d'avoir une toute petite plaie secrète quelque part pour être contaminé par le chagrin muet d'un tel idiot. On a tout intérêt à s'approcher le moins possible de gars comme lui. «Trop tard», se dit une nouvelle fois Tom. Il ne pourrait plus tenir son rôle d'éducateur jusqu'au bout. L'Administration avait bien sa part de responsabilité mais elle n'avait jamais cherché à mesurer le découragement de l'homme qu'elle libérait. Quelle institution, d'ailleurs, prenait ce soin-là? Cette décision charitable n'était-elle pas également, pour une part au moins, le fruit de la conduite irréprochable de Cody en prison? La logique et l'humanité qui avaient inspiré une telle décision à l'Administration avaient beau être justes, elles ne résistaient pas au découragement de l'homme devant le monde.

«Je ne te toucherai plus», promit Tom d'une façon absurde.

Ils passèrent ainsi la nuit ensemble. Couchés dans le même lit pour la première fois. Immobiles comme des statues, des gisants de pierre. Rien ne devait plus être dit.

Le lendemain, Cody rentra à la prison.

Rasséréné à la seule idée qu'il avait un gîte où se cacher. Tom se retrouva seul et n'eut pas le courage de se rendre au travail. Il eut envie de pleurer. Il chercha toute la journée à se convaincre que ce type était un minable. Un sale type. Avec son visage fatigué, un corps trop gros. Mais en quoi était-il à craindre? se demanda Tom. Pourquoi redouter cette paralysie qui le fixait des heures durant devant la télévision? Il battait à peine des paupières. On aurait dit qu'il était mort. Tom ne comprenait pas ce qui pouvait bien l'unir à lui. Cody ne lui inspirait aucun respect comme d'autres prisonniers avaient su le faire. Le ton larmoyant et creux de sa voix l'agaçait. Sa voix flûtée de gros homme. Cette grande candeur malheureuse qu'il avait remplissait Tom d'ennui. Aucune affection, aucun intérêt humain ne s'attachait sérieusement à cet homme. Il restait incapable de rien après plusieurs mois passés à l'accompagner et à l'aider en tout. L'achat d'une paire de chaussures, la préparation d'un repas, laver son linge. On avait l'impression qu'il sortait d'une cave humide, que le moindre détail de la vie quotidienne lui était douloureux et impossible.

Le moment de sa libération définitive approchait, Cody semblait chaque jour davantage effrayé et fatigué. Il s'attacha réellement à Tom, les derniers jours qui précédèrent sa libération. Jusqu'alors, tout n'avait été qu'un service rendu sans engagement précis de la part de l'éducateur. À présent, il lui faudrait se dépouiller de tout ce qui enrichissait sa vie pour accueillir, chez lui, cet homme perdu qui n'avait pas de toit, pas d'ami. «Comment puis-je l'aimer?» s'interrogeait Tom. Oh! il ne l'aimait pas pour ce qu'il était, peut-être simplement pour ce qu'il l'obligeait à être. Tom ne savait plus ce qu'il devait faire. Il ne savait plus rien du tout. Il craignait le pire. Ce n'était pas normal qu'un homme reste ainsi sans rien faire. Même pas humain d'une certaine façon. Il attendait peut-être qu'on l'enlève ou qu'on le fasse disparaître. Il ne parvenait pas à récupérer toute une moitié de lui-même qu'on lui avait arrachée. Il aurait pu devenir une sorte d'être aquatique ou aérien. Et même pas quelque chose d'humain. Un monstre victime, qui ne mordrait plus, qui se ferait injurier. Trop gênant.

9

Il disait qu'il se sentait perdu, à bout de
forces. Un peu abruti. Tout seul, il ne pouvait pas bouger. Incapable de préciser vraiment ce qui pesait en lui. Il avait besoin
d'aide. Il ne savait pas quoi. Souvent, il voulait partir n'importe où, mais le plus vite
possible. Il marchait très longtemps et à sa
seule fatigue, il savait que la nuit venait. À cet
épuisement qui lui creusait le dos, qui figeait
ses jambes. Il attendait un choc. Il avait envie
de pousser un hurlement. À force d'aspirer
l'air froid, ses poumons s'irritaient.

Sur toutes les choses, il faisait planer sa douceur comme une menace imprécise. Quand
il se déplaçait, il ressemblait à un aveugle qui
hésite et tâte le sol du pied pour s'assurer de
la stabilité de ce qu'il a sous ses pas. Son regard
fixe dans une sorte de fascination sauvage et
stupide, tendu vers quelque chose de doux,
venu de très loin, d'une autre façon de vivre.

Tom l'admirait presque dans ces moments. Jamais il ne s'était trouvé devant un malheur pareil. Cody observait tout sans comprendre. Quand il était en forme, il ne cessait d'interroger Tom, de lui demander pourquoi, pourquoi, pourquoi. Comme s'il pouvait exister une réponse à tout. Tom trouvait alors Cody ennuyeux. Il n'avait pas la moindre idée de ce qui était si nécessaire d'expliquer. Il aurait fallu tout dire, tout décrire. Ce vers quoi tout homme devrait se sentir poussé, et qui n'était pour Cody qu'une cause infinie de perplexité et de tristesse.

Une tristesse née avec l'annonce de sa libération prochaine. Venue à la lumière du jour.

La voix de Cody était comparable à un robinet qui goutte en pleine nuit, dans la chambre d'à côté. Tom acquiesçait distraitement, lançait des réponses vagues. Décidément, Cody était bien trop lugubre, bien trop assommant pour faire un compagnon comme les autres! On finissait toujours par être d'accord avec tout ce qu'il disait d'idiot et de doux – c'était la seule façon de se débarrasser de ce genre de personne, pensait Tom avec une étrange lassitude. Pourtant, ils ne pourraient pas continuer ainsi. Cody serait bientôt libre. Il allait avoir besoin d'un chez-lui, il ne continuerait quand même pas à venir aussi régulièrement loger chez Tom.

Il faudrait le tirer de là. De cette lenteur effrayante des gens qui ont l'habitude de parler en l'air et que rien ne hâte. De cette tristesse brutale, la plus profonde des tristesses, dont peut-être on ne pouvait jamais réchapper. Et qui marquait les plis mous et pâles de sa chair. Et cet étonnement misérable aussi – l'étonnement de celui qui se rend compte sans comprendre qu'on pouvait être heureux vautré sur une paire de draps froissés, ou accoudé en silence au comptoir d'un bar.

Cody avait quelque chose d'inexplicablement sinistre et aimable à la fois. Quand il ne regardait pas la télévision, il avait les yeux rivés au plafond. Quand il prenait un bain, il fallait le déshabiller et le soutenir jusqu'à la baignoire fumante. Il ne protestait pas. Une odeur s'installait quand il restait quelques jours dans l'appartement de Tom. Une odeur qui tombait brusquement dans toutes les pièces, et qui gâtait tout. L'odeur d'un homme incapable d'émerveillement.

Lentement leur drôle d'amitié progressait. Cody essayait désespérément de trouver des occupations pour plaire à Tom. Pour lui prouver sa bonne volonté. Comme si pour retrouver la liberté, il ne suffisait pas de sortir de prison. Il fallait encore savoir se fixer une multitude de petites tâches humbles pour oublier les tiraillements, les incertitudes de la liberté. Trouver sans relâche une multitude de petites occupations qui comme des mouches vibrantes d'ennui vous hypnotisent.

De temps en temps, ils vécurent ensemble des moments heureux. Tom se disait alors qu'il n'abandonnerait jamais cet homme-là. Ils riaient en regardant la télévision. Les publicités de machines à laver. Les films pornos. C'était comme lorsqu'on atteint un port. C'était la chose la plus simple, la plus douce que deux êtres peuvent inventer. Une façon fragile de mêler du courage à de l'étonnement dans des actes dérisoires presque enfantins, des instants d'une vie sans intelligence et sans ordre. Tom, dans ces moments-là, aurait aimé confier à Cody tout ce qu'il avait de plus précieux. Il aurait voulu pouvoir lui promettre une vie possible sans avoir besoin d'argent, sans avoir besoin de mentir.

Leur bonheur était quelque chose d'insoutenable. Un bonheur qui ne s'abreuvait à rien. On sentait bien qu'ils s'enlisaient. Cody se déplaçait pesamment. La télécommande du poste de télévision était à portée de sa main. Il regardait n'importe quoi, l'important était qu'il n'entende plus le silence des autres, le silence lourd du monde que portait sa peur. Le corps de Cody s'apaisait devant la télé.

Tom trouvait que Cody était plus nerveux, plus fragile depuis qu'il sortait régulièrement de prison. À la façon dont il errait dans les rues, dont il balbutiait ses questions, on devinait qu'il était déraciné.

Tom se demandait souvent comment il ferait pour tenir le coup. Il sentait que lui-même se recroquevillait comme un petit animal. Il devenait la proie d'une tristesse écrasante, d'un tourment sans cause qui laissait monter quelque chose de détruit, de définitivement usé.

Ils restaient immobiles, l'un contre l'autre. Goûtant la fatigue, l'écrasement. Ils ne cherchaient même plus à faire passer entre eux une conversation. Comme au cœur d'un règne aboli. Ils avaient le sentiment que seule l'inaction était à la mesure de leur peine. Cody prenait parfois de longues inspirations déchirantes comme pour puiser au plus profond de lui-même la force nécessaire à son chagrin. Il ne voulait rien, il ne faisait rien. Il ne connaissait aucune des retenues qu'ont les gens, dues à l'éducation ou à la fierté. Il disait ne rien vouloir, ne rien savoir, toute honte bue, il refusait de quitter la prison ou de sortir de l'appartement de Tom. Comme si son découragement était une forme de laideur à laquelle il ne pouvait pas échapper.

« Je serai toujours un taulard », disait-il. Un homme enfermé.

Pourtant, près de lui, certains soirs plus abandonnés que d'autres, Tom sentait bien que Cody devinait autre chose possible. Quelque chose qu'il s'efforçait sans doute de réprimer. Priant une force inconnue de contenir en lui d'aussi violentes émotions. Mais comment savoir, après tout, se demandait Tom, ce qui était susceptible de troubler Cody, de l'arracher à la prison ? On savait que toutes ces années de privation l'avaient poussé vers une sorte de maladresse, d'infirmité qui le faisait paraître stupide et découragé. Lorsqu'il sortait, les premiers instants, il était comme étourdi, à demi aveugle et sourd. Dehors, on ne le voyait pas en tant qu'homme. On ne le voyait même pas du tout. De ses grosses mains désemparées, il frottait machinalement les objets, les outils dont l'usage lui échappait. Il les frottait inlassablement comme s'il avait voulu les faire disparaître.

Comment faisait-on pour que les souvenirs reviennent, pour que quelque chose de concret finisse par remonter à la surface ? Plus les jours passaient, plus la peur s'emparait de Cody, s'enroulait comme un serpent autour de son cœur. Il s'agissait d'une sorte de peur de tout contact physique avec les autres, avec les réalités du monde, ses figures. Il était incapable, par exemple, de croiser quelqu'un dans un escalier. Il attendait que l'autre soit passé. Comme s'il avait peur d'une collision fatale, d'une caresse involontaire et empoisonnée. En prison, on apprend à se méfier de l'autre qui se frotte à vous.

Un jour, dans un parc, parmi les mères de famille, les flâneurs, Tom prit une photo. Cody fixait le monde d'un air apeuré. Derrière les cygnes et les enfants qui hurlaient. Le ciel s'était couvert de nuages comme si la pluie allait se mettre à tomber. À tout effacer. Sous ce gros ciel de coton sale, la silhouette figée de Cody ressemblait à une statue rincée par la honte d'être nue, d'être pierre. On aurait dit que son âme s'était envolée.

Cody face à l'étrangeté du parc, sans qu'on puisse déterminer de quoi elle était faite. Ce parc animé et bruyant ne se reflétait pas dans ses yeux. Le visage de Cody exprimait une désolation stupide. C'était le masque d'une intouchable paresse.

Une chose curieuse et pitoyable encore. Chez Tom, il y avait une baignoire. Cody, la première fois, se baigna en gardant ses sous-vêtements. Tom lui expliqua doucement qu'il fallait les enlever. Cody refusa obstinément. Son corps était en somnolence. En prison, on devait perdre la simple idée que la nudité pouvait être légère et reposante. Ce gros corps de glèbe avait la seule pesanteur de la honte. Un corps d'après le Commencement qui avait oublié l'idée du chavirement, du bond. Sans comprendre très bien pourquoi, Tom fut ému aux larmes et se demanda comment lui rendre la lumière d'être nu. Cody n'osait plus bouger, ruisselant et encore savonneux. Sa personne n'était qu'une lourde paupière close. Ce fut Tom qui le sécha, sans le déshabiller entièrement. Avec des mains brûlantes et respectueuses de la honte. C'était comme si l'on touchait un corps qui n'avait jamais su défier la pesanteur. Le corps inconsumable d'un compagnon au ventre de baleine.

Les semaines défilèrent. Cody avait toujours autant de difficultés à s'insérer dans le monde. Tom levait les bras au ciel et parfois lui donnait des coups, des bourrades. À quoi Cody répondait doucement qu'il était satisfait de l'horreur imméritée qu'on lui faisait. Le maniement du poste de télévision le soulageait d'une envie terrible. Le sort d'une épouse trahie, d'une famille séparée ou d'un malheureux lui arrachait des larmes sincères, chaudes. Infatigablement, il suivait à la télévision cette longue succession décevante de choses idiotes et douces.

Cody, depuis qu'il avait redécouvert le monde, les gens qui le traversaient, éprouva l'envie de dire à tous ceux qu'il croisait quelque chose de très important, quelque chose sur ce qu'il y avait d'étrange à prendre ainsi les même bus, à fréquenter les mêmes magasins sans jamais fraterniser. Il aurait aimé parler du côté totalement neuf et surprenant de tout cela, dire au fond que la solitude dehors était pire que la prison, que cette fille au pull orange brûlé qu'il voyait souvent dans la rue où habitait Tom, ce vieux monsieur qui lisait son journal à heure fixe dans le parc, ces écoliers qui hurlaient, tous, chacun d'entre eux était aussi merveilleux qu'une girafe ou un animal sauvage, qu'il les aimait bien tous, mais qu'ils lui faisaient terriblement peur parce qu'il ne reconnaissait rien de commun sur eux. C'était cela que la télévision apaisait. Cette immense fatigue. Cette envie de parler d'une peur qui ressemblait à une mystérieuse bouffée de tendresse à la fois chaleureuse et douloureuse, à une vague d'épanchement confuse devant les autres, devant le travail éternel du monde. Les travaux, les jours. La maladresse déchirante d'un homme qui veut pouvoir claquer des portes sans jamais avoir le courage de le faire.

Quand il sortait, il pensait toujours qu'il

aurait dû s'habiller plus chaudement. Il avait l'impression de courir, et de ne pouvoir arriver nulle part. Il trébuchait. Il avait chaud, insupportablement chaud, et il grelottait. Pour lui, cette chaleur, cette course sans but, c'était sans doute une des plus grandes énigmes de l'humanité. On ne faisait pas attention à lui. À ses façons enfantines, sans manières.

Devant la télé, son visage bouffi, ingrat, prenait une étrange douceur, exprimait une sorte de bonté reposée. Tom constatait avec accablement qu'il n'y avait rien d'autre à attendre de lui. Quand il essayait de lui parler, de le raisonner, il voyait Cody rougir et balbutier. Les phrases n'avaient pas de fin, les mots trébuchaient les uns sur les autres. Le langage n'était plus qu'une immense conspiration. Tom s'agaçait. Il ne supportait plus ce type sans fierté, sans courage. Jusqu'aux battements réguliers et monotones de son cœur découragé qui l'exaspéraient. Il devinait sa présence idiote et douce – et cela l'empêchait de penser à autre chose, le privait de sommeil. Et surtout, il ne supportait pas que Cody lui dise avec calme et honte : «Comme si tu n'avais pas suffisamment à faire, il a fallu que tu prennes soin de moi…» Cette délicatesse larmoyante était abjecte. Tom, dans ces instants, éteignait brusquement la télé. Le visage de Cody recollait à l'ombre. Se faisait inexpressif. Il avait bien remarqué les gros yeux que lui faisait Tom. Ils étaient rouges et humides.

Quand il était fatigué de regarder la télévision, il se couchait sur le canapé. Il restait là à fumer cigarette sur cigarette. Il se promenait un peu dans le vestibule sombre pour dégourdir ses membres raides. Il aimait la régularité de ces journées creuses, limpides. Le crépuscule tombait. Il n'avait rien fait aujourd'hui. Il n'allumait pas. Il se disait avec satisfaction que le soleil était mort, que la nuit s'installait pour toujours, que tout espoir était perdu.

À ce moment-là, Tom revenait. Il respectait ce silence, cette obscurité. On aurait dit que Cody savait. Que les hommes étaient des frères qui l'avaient oublié. Que les grands moments de la vie pouvaient ressembler à de microscopiques larmes versées au bord de la tombe. Que des pans entiers du monde étaient comme de gros icebergs timides enfouis sous la poussière de vos semelles rêveuses. Que sur ce monde inhospitalier, il arrivait qu'on gagne un bonheur crapuleux. Qu'il n'y avait pas d'autre bonheur que crapuleux. Avec cet horrible sentiment d'être en permanence coupé de ses arrières et de ne prendre part à rien. Et mille fois envie de pleurer. Oh oui!

152

Il restait assis quand Tom entrait. Il avait allongé ses lourdes jambes. Il n'était pas si vieux mais à force de lassitude il ressemblait à une personne âgée qui avait perdu l'habitude de la marche. Ses mains sur son ventre. Dans l'obscurité, sa voix s'élevait sur un ton de douleur et d'affranchissement : «Où étais-tu passé, Tom?» C'était cela sa force, cette fatigue sacrée d'où Tom se sentait observé, épié en permanence. Force inerte, minérale. Sans croissance, sans gestation. Cette force qui lui faisait quitter le monde et s'attacher indéfectiblement à Tom. Premier et ultime compagnon. Ils restaient alors ensemble dans le noir, assis sur le canapé. Abasourdis. Les mains gelées comme s'ils avaient tenu de grosses boules de neige fondantes. Comme s'ils ne savaient plus quoi faire de leurs mains. Dans les appartements voisins, on entendait vaguement les familles se préparer pour la nuit, chercher une consolation rapide. Eux ne bougeaient pas, ne comprenaient pas ce qui leur arrivait. Tom savait qu'on ne pourrait pas leur venir en aide, qu'ils n'existaient pas vraiment, trop découragés pour qu'on puisse les retrouver, pour toujours hors d'atteinte.

Tom vit ainsi Cody devenir faible, rêveur. Il était effrayé quand il lui fallait traverser une rue trop animée. Il avait peur de chaque mouvement à accomplir. La gorge serrée quand il devait rendre la monnaie, donner son nom ou tout simplement entrer dans un magasin. Il trouvait toujours les autres plus agiles que lui. Les émotions, les sentiments comme la gratitude, la politesse le mettaient mal à l'aise.

Comment l'abandonner ? se demandait Tom. Comment le lâcher enfin ? S'en défaire. Ce type à la chair blette, avec son allure de vieux clown aux abois qui se rongeait les ongles devant la télé, était si profondément entré dans sa vie qu'il en souffrait comme d'un ulcère. Avec un effroi douloureux, Tom s'apercevait qu'il avait touché l'âme écrasée de cet homme. Ainsi il leur arrivait de tomber dans les bras l'un de l'autre, les yeux écarquillés de pleurs, comme après une grande bataille. Tom soupçonnait bien Cody d'avoir voulu le coincer, de chercher à l'émouvoir. Oui, il lui gâchait la vie de ses grands yeux ronds qui une fois fixés sur vous ne vous lâchaient plus, comme un bébé à la fois terrifié et fasciné par la vie, par la fureur que vous incarnez à ses yeux.

Ils étaient impitoyables l'un pour l'autre. Tom parfois pensait des choses horribles. Il avait le droit, se disait-il, de le congédier, de l'oublier. Le droit infini de l'abriter et celui de le supprimer. Tom pouvait imaginer cela jusqu'au moindre détail. Il l'aurait jeté. Il avait envie de le détruire, de le briser. Il se sentait poussé au bord d'un abîme, au bord de l'épouvante elle-même. « J'ai mes limites », répétait Tom. Mais rien ne l'impressionnait plus que la douceur de Cody, la douceur négligée de Cody.

« Il me tue », disait Tom effrayé par la banalité de ces mots. Incapable de faire un geste. Ecrasé. Il ne pouvait plus lui parler. Et le signe le plus décourageant était qu'il savait que cette situation serait indépassable.

Cody marchait tout voûté dans la foule quand il sortait de la taule. Il se retenait en équilibre contre Tom – comme l'eût fait une femme. Il semblait être toujours sur le point de lui demander : « Qu'est-ce que tu vas faire de moi ? » Cody s'arrangeait, dès qu'il le pouvait, pour ne pas quitter Tom d'une semelle.

Oh ! bien sûr, cela vint très doucement. Par des détails. À mesure qu'approchait la libération définitive de Cody. Tom commença par supporter de plus en plus difficilement la télé allumée en permanence, les yeux hagards de Cody. Ce mutisme de petit animal déboussolé. La fatigue d'avoir à le supporter ne se manifesta pas d'un bloc. Elle prit naissance dans un certain abandon l'un à l'autre, comme s'ils avaient oublié toute prudence. Dans une forme d'amour, de vocation bizarre de l'un à l'autre. Avec l'illusion de devenir des égaux. Oui, la haine était venue avec une complicité très douce parfois, dans une sorte de partage, de plaisir.

La répulsion se métamorphosait en surprise. En indulgence. En douceur.

Comment faire avec la vie? demandait silencieusement ce compagnon. La vie charriée par les métros, les bus. Celle qui vous tend les bras du fond des magasins. Et qui s'insinue dans vos pensées les plus bêtes comme les plus féroces. Tom n'avait rien à dire. Il n'y a rien à dire qu'à laisser s'échapper la vie. Trouver parfois un point d'appui et se réveiller chaque matin dans cet état pâteux d'incertitude et de mélancolie. Jeté dans la vie.

Tom trouvait Cody parfois installé devant la télé au lieu de suivre son stage. Il menaça de fermer l'appartement à clé. Un jour, il le découvrit par terre, le regard abattu, défait. Il ne bougeait pas, tassé dans l'ombre et sanglotant de façon monotone. Il avait essuyé une terrible engueulade au stage. On lui avait fait remarquer tout le mal qu'on se donnait pour le tirer d'affaire. Ce qui lui avait fait peur, ce n'était pas le chantage concernant sa libération suspendue à son comportement au stage, mais la crainte de ne plus jamais revoir Tom. «Ne reste pas là à pleurer, dit Tom. Allons, lève-toi. Je ne t'en veux pas.» Il eut le sentiment de ne pas comprendre ce que signifiait cette scène pitoyable. Car si Cody lui avouait son attachement, Tom savait aussi qu'il se laisserait battre, jeter dehors et qu'il n'opposerait jamais de résistance.

Tout se passait comme si Cody avait décidé de foutre sa vie en l'air, et celle de Tom avec.

Cody aurait dû être reconnaissant. Mais il était à bout de forces. «Tu ne trouveras jamais tes marques dehors, si tu te laisses aller comme ça», lui disait-on. Il était fatigué d'entendre parler les gens. «On va te trouver du boulot, ne t'inquiète pas.» Il souffrait de l'agitation autour de lui. Voilà pourquoi il préférait Tom. Au moins, Tom le gardait près de lui comme une pierre, comme une chose.

Ce qu'il y avait d'insupportable en lui, c'était de sentir ainsi la vie à l'état de projet lugubre. Comme une ancre de navire qu'on n'arrive plus à défaire de ses fonds. Il manquerait toujours à Cody une révélation que Tom était incapable de lui apporter. Pour cela, Tom le haïssait. Et plus il cherchait à s'en débarrasser, plus il éprouvait le besoin de le servir, de veiller sur lui, de le bichonner presque. Comme si la vraie compassion devait s'exercer aux limites du dégoût. Dans une effroyable fatigue d'aimer.

Tom finit par ne plus rien lui promettre – c'est ce qui agaçait le plus Cody, les promesses d'une vie nouvelle, de travail, de vie meilleure. Tom finit par ne plus rien promettre. Il fallait laisser ce rôle aux speakers de la télévision. Ces héraults maquillés, souriants qui faisaient applaudir le public d'un geste de la main. Qui étaient capables de parler de cette vie à deux doigts de la mort et du rachat, des lois simples et douces dont dépendait le bonheur de l'humanité entière. Oh ! cette science des prophéties. Cette vision d'une autre vie.

Cody pensait qu'il n'y avait rien à transmettre, rien d'autre que les choses idiotes et douces de la télévision. Il fallait apprendre à se laisser distraire. Le regard droit. La télévision nous apprend qu'on n'est plus capable de transmettre quoi que ce soit sans elle. Elle est devenue comme un cœur lumineux et bon marché. Dans notre faiblesse, dans notre découragement, elle nous peuple de bruits familiers. Cody en avait une connaissance particulière. Il savait qu'elle remplissait le vide du désir de connaître et de savoir, quoiqu'il n'y eût plus rien à savoir, ni à découvrir depuis bien longtemps. Avec la télévision, la connaissance des choses restait simple, apprivoisée. Cody se sentait guéri du savoir. Rien ne pouvait plus arriver avec la télévision. Elle faisait semblant de tout dire, de tout raconter. Même l'inimaginable, même l'impossible.

La télévision le soulageait de la maladresse qu'il avait avec le monde. Chacun pour soi, dans les escaliers, les travées des magasins, aux guichets. La télévision parlait aux gens. À tous ceux qui savaient qu'ils ne retourneraient jamais dans le sein bruyant et malheureux du monde. Aux survivants isolés.

Enfin, la télévision ne demandait aucun courage. Assis, le regard fixe, les mains sur les genoux ou sur le ventre, Cody se laissait faire. Comme si cela allait de soi depuis le Commencement du monde. Comme si les effigies de la télé avaient toujours existé. Avant lui, avant vous et moi.

Indéfiniment, il y avait ce large visage, figé dans une expression absente, qui bayait tristement aux corneilles quand il n'était pas collé à l'écran. Il fallait lui préparer des œufs brouillés qu'il avalait à grandes cuillerées. Sachant qu'il ne serait jamais capable de rien de pur ni de solide. Ni d'une quelconque décision, ni rien. Seule cette chose machinale que la télévision avait creusée en lui vivait comme une ombre juvénile et très grave. Ça ne se dissimulait pas. Et Tom pensait que ce gros homme éteint était tout de même capable d'abriter ça. Les choses idiotes et douces de la télévision. Comme un gigolo de carte postale, une fille lasse jambes écartées qu'on découvre un jour capable de quelque poésie. En le voyant, certains soirs, Tom éprouvait le même sentiment stupéfait devant ce gros type éthéré, à peine terrestre – c'est-à-dire sexy.

Cody avait une façon particulière de ne rien entreprendre, de ne rien désirer. Il dépendait entièrement de vous. Comme si, mené au bout d'une corde, il avait encore des gestes involontaires de tendresse et de reconnaissance qui vous touchaient d'autant plus qu'on ne savait jamais s'ils s'adressaient à vous. On aurait dit un soldat démobilisé qui revenait du front. Peut-être ne faisait-il qu'user ses dernières forces de résistance, celles que l'espèce libère en dernier recours pour sa préservation. Tom, sans se l'avouer vraiment, admirait la ténacité de cet homme, son endurance, sa discipline. Son application zélée à rester ce petit soldat amnésique sans patrie, sans honneur. Cet ascétisme du refus, du désœuvrement pouvait connaître de déchirantes faiblesses. À de très rares moments, Cody suppliait Tom avec des étranglements dans la voix de bien vouloir le garder près de lui. Tom avait alors l'embarrassante impression de devenir à ses yeux une sorte de mère bien-aimée qui rejetait ses enfants et les exilait dans le monde.

On aurait préféré le voir renoncer au

moins à cette grotesque façon de rappeler son abandon, de proclamer son découragement. Mais Tom en arrivait à se sentir coupable de la paresse désespérante de Cody. Un jour c'était l'étoffe râpée d'un costume qui le blessait, un autre jour le refus poli et onctueux de se rendre à son stage. Une curieuse envie de détruire, de tuer s'emparait de Tom. À toucher le fond du découragement, il découvrait près de Cody une sorte de dernière issue vers l'horrible. Il ne pensait plus à lui, ni aux autres. Il ne pensait qu'à cette autre vie, à cet autre monde auquel il avait soudain le sentiment qu'appartenait Cody. Cela ne lui laissait aucune paix, aucune patience.

Tom était poursuivi par la faiblesse humiliante de Cody. Cette forme repoussante, presque maladive, du découragement. Qui donc, se demandait Tom, aurait osé prendre Cody dans ses bras comme il le faisait? Qui l'aurait seulement touché ou pincé?

Partout, les gens s'activaient, travaillaient. Apprenaient. Les oisifs étaient repoussés, les désemparés se lamentaient. Les paresseux étaient déboussolés et se noyaient loin de la terre retournée par la souffrance des hommes au travail. Cody, effrayé, disait qu'il n'y avait rien pour rassembler les hommes libres. Que les caisses enregistreuses. Que cette diaspora matinale et blafarde dans les

trains, dans les bus, et qui courait au travail.
Il se souvenait des hommes au comptoir. Des
ouvriers agricoles comme lui. Leurs chemises
auréolées de salive et de sueur. Il se souvenait
avec étonnement des promenades en prison
dans la grande cour centrale. Des hommes
tournaient avec lui plus fatigués que ne le fut
jamais un homme sur la terre.

Cody restait immobile à la fenêtre en pensant à tout cela. Il avait hâte de rentrer à la prison. Bien que le vacarme dehors se prolongeât
maintenant en lui, à l'intérieur des murs.
Comme un immense hurlement de bête.

Tom se mettait à le haïr du fond du cœur
et en même temps il se demandait s'il ne
s'était pas mal conduit envers lui, s'il ne
l'avait pas offensé inutilement, par mégarde.
Par manque de tact. Cody pouvait paraître gla-
cial, calculateur quand il prenait des airs
innocents et dévots pour obtenir de Tom
qu'il allume la télé, qu'il le laisse coucher chez
lui. Il fallait jouer contre lui, ne pas céder. La
seule question, et qui se mit à occuper tout
l'esprit de Tom, c'était de savoir à chaque fois
lequel des deux vaincrait l'autre. Cody avait
imposé cette partie absurde entre eux. La
volonté de Tom contre son découragement
poli. Et plus ce drôle de combat s'intensifiait,
plus Tom s'apercevait qu'il ne l'emporterait

pas sans quitter les conventions tradition-
nelles entre deux personnes responsables et
libres. Cody l'obligeait à jouer cartes sur
table, en situant leur partie à un niveau
inconnu, provoquant un enjeu inestimable.

La compagnie forcée de cet homme usait
toutes les forces. Même celles de la haine. Du
dégoût, de l'indifférence. Comme si soudain
les réflexes les plus élémentaires, les plus
primaires, s'étaient brisés. Pire qu'une bête,
songeait Tom. Seulement capable de tendresse, en fin de compte, d'amour.

La machine à répulsion était cassée.

Il aurait voulu demander à Cody : «Que veux-
tu de moi ?» Il aurait répondu que c'était au-
delà de toute honte, au-delà de l'étonnement
entre les hommes, comme si la chose allait de
soi, une horrible et émouvante chose. La
recherche d'un frère qui vous tuera, d'un ami
qui vous a trahi. La recherche forcenée d'une
réconciliation impossible. À force d'attention
et de patience, ils feraient naître entre eux un
lien indissoluble de haine et d'affection.

Cody avait oublié les façons dont on aime
ou dont on déteste les autres. Personne
n'imaginerait, je suppose, qu'on puisse
oublier quelque chose de ce genre. Tom et
Cody restaient longtemps côte à côte, inca-
pables de savoir ce qui les unissait.

D'une voix presque inaudible, Tom murmurait : «Il est temps de rentrer, Cody. Il faut partir.» Il se sentait ridicule de lui parler ainsi, comme un gosse ou un amoureux. Le plus difficile était d'accepter qu'il se rase et qu'il se lave un peu avant de sortir dans la rue. Ensuite, ils étaient tous les deux mutuellement intimidés. Ils ne trouvaient jamais les mots nécessaires, les façons de se dire à bientôt, à la prochaine. Cody allait retrouver l'exiguïté de la prison, ses odeurs, l'oubli. Tom parfois laissait échapper : «N'attrape pas froid.» Et le gros homme descendait l'escalier avec une mélancolie fragile. Tom jetait un œil à sa montre. «Tu as le temps, ne te presse pas.» Cody n'entendait pas.

Souvent ils se tenaient longuement dans les bras avant de se quitter. On aurait dit que les mains de Cody planaient comme celles d'un aveugle sur les épaules de Tom. Elles cherchaient la confiance. Cody ne faisait franchement opposition à rien. Son immobilité tremblante privait son adversaire de ses réflexes élémentaires. Dehors, ses yeux nus ne quittaient plus la brume éblouissante et poussiéreuse de la ville autour de lui. Une ville belle comme n'importe quelle ville où bien sûr on pouvait mourir de faim, de solitude et d'ennui comme n'importe où.

10

On le laissait sortir de plus en plus souvent. Livré à toutes les idées de gloire et d'héroïsme du monde. Et à mesure qu'il y prenait presque goût, que les choses extérieures devenaient plus suaves, il se sentait davantage mortel et fragile. On lui demandait de faire des efforts, de mieux s'exposer aux autres, à la vie matérielle du monde. Il pensait à une musique qu'il ne pourrait jamais comprendre. Tout était dépourvu de sens. Il n'y avait qu'une toute petite note inaudible, et qui perçait parfois l'abrutissement dans lequel il était plongé. Il aurait voulu attirer sur lui l'attention de l'univers entier afin qu'on entende sa voix jouer la petite note suave du monde. On le voyait à peine, les cheveux sales, les poings crispés, déséquilibré. Au bord de l'épouvante. Et dans une direction infinie. Se précipitant on ne voulait pas savoir où. Avec cette hébétude trempée de sueur, de larmes qu'ont les hommes détruits par d'autres hommes.

Il n'avait plus que des habitudes modestes, des gestes usés qui ne collaient avec rien. Des habitudes de celui auquel on ne fait plus attention depuis longtemps. Qui n'intéresse personne et qui s'est désintéressé de tout.

Les quelques nuits qu'il passait encore en prison, Cody écoutait de longues heures durant les pas dans les couloirs nus et glacés. Plus le jour de sa libération approchait, plus il se disait qu'il ne pourrait sans doute jamais accumuler assez d'énergie pour sortir définitivement de là. Pour sortir en emportant un pâle carton d'effets et les quelques médicaments qu'il gardait sur lui en permanence pour guérir ses rhumes, ses insomnies.

Dehors, il se perdait avec insistance. Au stage, il refusait d'apprendre, de savoir. Parce qu'il avait le sentiment que tout s'envolerait quand il serait libre. Que tout s'évanouirait. Les autres ne supportaient pas cette négligence de soi, ni cette absence de volonté. Ils le retrouvaient perdu, sans forces dans un corridor. Murmurant bêtement qu'ils ne devaient pas s'inquiéter, qu'il fallait le laisser faire.

Une fois dans sa cellule, la porte verrouillée, il s'allongeait pour retrouver le calme. Son cœur battait la chamade. La grossièreté du monde extérieur l'avait blessé. « Il n'a pas de volonté », disaient les gens. Ils le voyaient arriver avec lenteur, découragé. Plus découragé qu'ils ne le furent jamais. Une fois immobilisé près d'eux, il ne bougeait plus et n'écoutait rien. Cet abandon le rendait inaccessible à toute pitié. Il désarmait les meilleures intentions du monde. N'appréciait vraiment que cette chose qui ne laissait pas d'autre souvenir que d'avoir été vue. Regardée. « Je ne sais plus faire autre chose, disait-il. Que ça, regarder la télé. » Il aurait voulu mourir devant. S'éteindre en même temps qu'elle.

Tom à chaque fois se sentait gêné par l'atermoiement infini dans lequel Cody plongeait toute parole, toute entreprise. Les plus futiles comme celles qui demandaient un courage neuf.

On aurait dit qu'en libérant cet homme, on l'avait chargé de blocs de pierre. Toute sollicitation du monde extérieur était prétexte à un effort fastidieux, inhumain. Parfois c'était la douce idiotie dans laquelle il enveloppait vos conseils qui l'empêchait d'accomplir le minimum nécessaire à son salut. Ses mains ne touchaient rien. Comme si elles avaient été brisées, ou transpercées par les éclats du dehors.

Régulièrement, Tom proposait de l'aider

à chercher du travail, à s'installer seul dans un foyer. Une fois il lui offrit même de l'argent. Sur le visage de Cody, il y eut comme un sourire énorme et malheureux. Avec une voix laminée qui passait à peine entre ses dents, il dit que c'était impossible, intolérable. C'était ainsi. Une proposition sans importance vraiment, s'excusa Tom, effrayé de la réaction blessée de son compagnon. Cody resta près de Tom sans rien dire, sans rien ajouter que ce silence idiot et doux. Il restait là comme une sentinelle devant le monde assourdissant. Et c'était un homme, un homme vivant, presque aimable parfois, les doigts jaunis par le tabac. Il semblait qu'à jamais il se tiendrait immobile sur le seuil d'une maison trop grande pour lui. Il ne chercha pas à refuser ni à expliquer à Tom que sa charité l'humiliait. Quelque chose de nouveau pénétra en lui, quelque chose qu'il ne connaissait pas auparavant. Un désir de victoire qu'on venait de salir.

Quelques jours avant sa libération définitive, Cody ne parvenant toujours pas à manger correctement, Tom lui suggéra d'essayer de perdre quelques kilos. Il avait fait des efforts pour parler sur un ton léger et amical, et fut surpris d'entendre Cody lui répondre d'une petite voix étranglée qu'il ne pouvait pas perdre un seul kilo. « Pourquoi

pas? Tu n'as qu'à manger plus régulièrement et surveiller ton alimentation…

— Je ne peux pas maigrir, répéta Cody. Tout
ce que je peux faire, c'est grossir, grossir… »

Tom devint malade, tourmenté. «J'ai pensé
que tu aurais préféré refaire ta vie seul. Que
tu aurais assez de cran pour cela», disait-il
alors qu'il comprenait que Cody comptait
s'installer chez lui dès sa sortie de prison. Sans
envisager d'autre solution. Et il évitait de
regarder Cody en face. Il voulait lui crier de
partir, de ne plus miser sur lui. D'aller au
diable. Il se demandait à bout de souffle
quelle force, quelle angoisse il lui faudrait
pour le chasser. Pour lui claquer la porte au
nez.

Ce poids mort en guise de compagnon. Ce
corps étranger qui parlait à peine ou qui épe-
lait votre prénom comme une héroïne lasse
litanise parfois ses problèmes conjugaux, ses
dettes, ses migraines. Un corps où couvait une
sorte d'affliction inconsolable. La tête rentrée
dans les épaules. Et pourtant il n'était pas sans
imagination. Mais simplement manquaient
des choses comme la honte de l'ennui, le
besoin d'agir, la curiosité de l'avenir ou la peur
de l'échec. Personne ne lui avait appris ces
choses-là.

Espérant provoquer une réaction, un

sursaut de sa part, Tom oubliait volontaire-
ment de remplir le frigo, d'acheter du vin, de
la bière, quand il savait que Cody venait passer la nuit. Cody ne se plaignait pas. Il acceptait ces brimades. Tom sentait que la situation
lui échappait totalement, qu'elle lui glissait
des mains. Furieux de découvrir à quel point
Cody se montrait chaque jour davantage
irresponsable dans le domaine de la vie matérielle. Il ne rangeait rien. Les tiroirs restaient
ouverts. La vaisselle s'entassait dans l'évier de
la cuisine. Il ne faisait jamais les courses car
les magasins lui causaient toujours une peur
déraisonnée. Ou bien il ramenait des pizzas
au fromage qu'il dévorait avec les doigts sans
penser une seconde en offrir à Tom. Si le télé-
phone sonnait en l'absence de Tom, Cody ne
répondait pas. Il n'aurait probablement pas
su parler. Il fumait trop et avait des quintes
de toux qui le secouaient des nuits entières
et empêchaient Tom de dormir.

Les gens qui les voyaient passer dans la rue
se demandaient s'ils n'appartenaient pas à
une même famille désœuvrée et malade.
Comme on imagine que certaines personnes
qui ne nous ressemblent pas appartiennent
à des confréries secrètes. Dans les vitrines,
Tom pouvait se rendre compte combien leur
ressemblance augmentait de jour en jour.
Leurs visages en effet devenaient aussi

semblables, aussi inexpressifs que des visages gravés sur des pièces de monnaie qu'on oublie généralement dans les fonds de tiroirs. Ils se sentaient seuls tous les deux. Ce sentiment d'exclusion était si fort que Tom avait l'impression qu'il les rapprochait, les rigidifiait comme si une cuirasse de fer les eût revêtus, les isolant du monde, les endurcissant. Tom ne savait plus s'il devenait horrible ou s'il embellissait. Pris dans la bousculade frénétique du monde, ils devenaient indissolublement unis par l'épuisement et la maladresse. Leur identité parut assez pathétique aux yeux des passants. On changeait de trottoir en les croisant.

Tom se surprit lentement à goûter la désolante présence de ce compagnon. La douceur, la prudence que réclamait Cody. Comme s'il revenait lentement à une sorte d'éveil, au bonheur terrifiant de l'immobilité des statues, des morts. Détaché de la vie matérielle.

Il s'aperçut qu'il avait organisé son existence autour de la présence compacte, somnambule, de cet homme, de ses allées et venues. Peu à peu, Cody l'avait désorienté, l'avait marginalisé du monde. Impossible de tricher, à présent, se disait Tom. Impossible de garder ce compagnon et de continuer comme si de rien n'était.

La nuit, quand Cody était là, Tom se levait pour écouter, pour guetter la respiration de ce gros homme figé. Un invincible découragement venu du fond des âges semblait les rapprocher.

Et quand Tom lui faisait des remontrances, Cody se bouchait les oreilles comme un enfant. « Je devrais pouvoir le déchiffrer, comprendre ce qui ne va pas en lui », se lamentait Tom. Il fallait une giclée de dentifrice sur la veste d'un pyjama, un baiser moqueur que Tom lui donnait parfois quand il le trouvait effondré devant le four ou la machine à laver qu'il ne parvenait jamais à mettre en marche, une bourrade nerveuse, pour apercevoir alors Cody trembler un peu de rire, d'émotion. Pour le voir enfin quitter la carapace molle de son corps difforme. Les mots le touchaient moins. D'ailleurs, il n'y avait plus vraiment de mots entre eux. Seulement des paroles éculées, convenues, et qui n'appartenaient à personne en particulier.

« Je ne sais rien », répétait Cody. Tom n'osait plus le gronder.

Il avait simplement envie de le tuer.

Cette envie le brûlait inexplicablement. L'empêchait de dormir. Oh ! il ne s'endormirait plus. Il se cognait la tête aux murs. Sans une larme, sans plainte. L'envie de tuer se frayait un chemin vierge dans son corps.

172

« Est-ce que je peux le jeter dehors ? se demandait-il. Est-ce qu'il ne reviendra pas ? » Une fois sorti définitivement, où irait Cody sinon chez lui ? Avec son visage blême, inexpressif et ordinaire. Cet interminable visage au bavardage silencieux. Quand bien même il serait capable de le tuer, se disait Tom, il y aurait toujours à traîner partout ses chaussettes, ses pantalons, ses misérables effets démodés, sales.

Cody n'avait aucune manière. Aucune.
Est-ce qu'un type comme lui rêvait de temps en temps ? Ce n'était pas du rêve, mais une absence poisseuse, laborieuse qui l'habitait au point qu'il ne savait pas où mettre les pieds, où se poser en paix sinon devant la télévision. Tom avait l'impression qu'il se débattait comme un poisson hors de l'eau, avec des nageoires paresseuses, agonisantes. Il oubliait tout, il n'avait plus aucune mémoire.

« Je me demande bien pourquoi je fais tout ça », s'interrogeait Tom à longueur de journée. Il ne pensait plus qu'à cette situation, redoutant le jour où Cody serait définitivement libre. Cela paraissait invraisemblable. À cause de lui, Tom ne partait plus en voyage, ne recevait personne. Ses amis l'abandonnèrent progressivement. Lui-même refusait les invitations. Et puis, le stage de Cody avait pris fin. On allait probablement le libérer. Tom se rappelait avoir remis au juge un rapport encourageant sur l'expérience de liberté provisoire de Cody. Ce rapport avait surpris tout le monde. Mais Tom avait imaginé que d'accélérer la libération de Cody chasserait cet étrange bonhomme de chez lui. Quelle raison aurait-il alors pour tolérer la présence d'un gars qui s'en était sorti ? Il n'avait pas pensé, ou pas voulu penser, que Cody serait lourd comme un dieu de fonte. Comme un bloc de glace opaque. Qu'on ne le délogerait plus de nulle part depuis qu'on l'avait poussé dehors après tant d'années d'enfermement. Et dans son abattement, Tom pensait qu'il ne s'en remettrait jamais. Cody ne survivrait pas.

Un jour, il faudrait avoir le courage de lui dire. Ils devront se séparer. Même s'ils avaient le sentiment, tous les deux, que rien d'autre n'arriverait. Qu'ils resteraient ensemble sans savoir pourquoi, ni comment, ni jusqu'où.

11

Un jeudi matin, Cody quitta le quartier de semi-liberté de la prison. On le libérait pour toujours. Il n'aurait plus à revenir ici. «À toi de jouer, maintenant», lui dit platement le responsable du stage de réinsertion. Dehors, il pleuvait à verse. Tout paraissait verdâtre et transparent sous une lumière gelée. Les gouttes s'écrasaient sur le bitume de la cour avec une note ambiguë et glaciale. Aujourd'hui est comme un dernier jour, pensa Cody. Sur son visage passaient les ombres grossières de la prison. Des coulées de silence entre les yeux. Un froissement de paupières, de lèvres comme dans un mauvais sourire. La prison avait des reflets de bronze, très beaux.

Il était resté là, immobile. «Vous comprenez, n'est-ce pas? Non, je ne peux pas. Je ne pourrai jamais m'y faire.»

Ce n'était pas possible, on ne pouvait pas

indéfiniment rester ici. Il se souvint des dernières paroles qu'on lui avait dites en prison.

Tom était venu le chercher. Il ne savait pas exactement pourquoi. Peut-être était-ce l'inquiétude de voir Cody sortir sans encore avoir trouvé un travail, un logement. Il connaissait des types qu'on avait libérés et qui avaient passé une dizaine de nuits dans un hôtel avant de se retrouver sans abri. Absolument seuls.

Cody, ce jour-là, avait un drôle de sourire. Tout cela lui paraissait tellement flou, tellement incertain. Il faisait le sourd. Il faisait l'imbécile comme à chaque fois qu'il sortait.

Tom trouva qu'il ressemblait à un être humain effrayant. Il faisait froid. Tom pataugeait dans le hall. Son imper dégoulinait. Les matons jouaient aux cartes dans une petite salle de surveillance qui sentait le café et les vieilles chaussures. Cody apparut en trottinant. Il portait un sac de sport bleu et avait enfoui dans une de ses poches les médicaments que lui avait remis le médecin pour soigner un rhume qui ne passait toujours pas.

En apercevant Tom trempé, grelottant, Cody eut presque une expression aimable. Ils sortirent. De l'extérieur, la prison apparaissait toujours plus exiguë, comparée à l'impression qu'on en avait au milieu de la cour centrale. De grands bâtiments droits, amples et rectangulaires. Avec l'amorce d'une allée de platanes qui venait mourir contre un rempart grillagé. Une sorte de mirador dominait l'ensemble. Derrière les vitres épaisses, on devinait toujours une petite silhouette bleutée, immobile, inactive et qu'on savait sans regard. La prison était pleine de ces pièces étroites de surveillance et de veille qui renfermaient des couvertures, du thé et du café, des biscuits, des cigarettes.

« Je ne voulais pas qu'on me lâche, tu sais bien, murmura Cody.

— C'est idiot. » Tom ne trouva pas d'autre réponse. « C'est idiot. »

Il faisait très froid. La pluie flottait dans un ciel gris. Cody aurait peut-être aimé dire qu'il se sentirait toujours à découvert à présent. Qu'il n'aurait plus l'idée réconfortante d'être caché. L'étrange bonheur de savoir qu'on n'attendait rien de lui. Il était resté près de vingt ans en prison. S'était-il senti puni ? Il ne savait plus. Il n'en voulait à personne et ce qui venait de se passer ces derniers mois l'atterrait. Par moments, quelque chose le tranquillisait, le plongeait dans un silence qu'il ne pouvait dire à personne mais que Tom comprenait.

Tom n'avait pas l'air fâché. Cody repensa à leurs premières rencontres. Il lui avait parlé doucement de sa libération, un peu comme s'il l'avait plaint. Tom avait fait un geste étrange, un peu découragé. En regardant Cody pour la première fois, il lui avait saisi le bras et avait murmuré : «Ne me demande pas pourquoi. Ne me demande pas pourquoi.» À présent, Cody se rappelait parfaitement toute cette scène. C'était comme si la honte s'était levée, la honte de savoir, de comprendre.

En sortant, il se dit que ce serait dur de ne pas penser qu'on cherchait encore à le coincer. Ce serait dur de vivre avec l'idée qu'une faute est si vite arrivée, comme disent les gens, et que probablement il n'avait pas tout payé. Cette dette ferait une cicatrice éternelle. Il était quitte mais son existence ainsi blanchie n'en devenait que plus menaçante, que plus fragile.

Il pensa qu'on ne lui avait pas vraiment pardonné. Il n'y avait pas eu de belle cérémonie pour cela. On voyait ça à la télé pourtant. Des gens pardonnés qui devenaient d'autres personnes. Des restitutions d'existences entières comme d'un coup de baguette magique. Il y avait toujours un vieux juge pour passer l'éponge, pour vous donner une dernière chance. Ou un coupable inconnu qui se découvrait au dernier moment pour dire «C'est moi!», et qui vous innocentait brusquement, qui vous rendait une vie vierge et douce. Cody avait bien imaginé une scène du genre. Des années entières, il s'était joué et rejoué ce moment. Toutes les années de prison n'auraient plus valu que comme une longue épreuve héroïque qui l'aurait virilisé. Puis cela avait peu à peu disparu. On le libérait sans rien dire. Un matin de pluie.

L'idée d'abandonner la prison le faisait pleurer. Il avait beau être idiot, il savait ce qui l'attendait dehors. C'était le chômage, la rue, l'aumône, le sommeil impossible dans ces meublés miteux et gelés. Trouver du boulot, ce serait au-dessus de ses forces. Comment faire quand on a cet air de gros homme affaibli, quand on a un regard sans regard, quand on a tellement peur qu'on vous accuse d'être paresseux?

En chemin, Cody voulut faire des emplettes. Il avait accumulé environ vingt mille francs en dix-huit années de travail à la Centrale. «Il faut les garder pour refaire ta vie», disait Tom. Mais Cody tint à s'acheter un costume neuf – deux mille francs – bien raide comme ceux des employés de bureau, une montre suisse «waterproof» qui lui coûta aussi cher que le costume, et il offrit à Tom un foulard aux impressions tabac et beige. «C'est indémodable», lui dit sentencieusement le vendeur. Cody trouva cela épatant.

Digne d'un gage d'une amitié éternelle. Puis, devinant que le vendeur se moquait de lui, il eut envie de l'étrangler, et prit peur comme effrayé de sa propre balourdise. Mais craignant de paraître plus ridicule encore, il n'osa pas refuser le foulard. Il paya tout et sortit rejoindre Tom qui l'attendait, encore écrasé par la commisération du vendeur.

On ne lui trouva pas de travail immédiatement. Tom murmurait : «Tu ne peux pas rester indéfiniment chez moi.» Cody n'entendait pas. «J'ai toute la vie devant moi à présent», songeait-il avec une moue triste et stupide.

Il restait enfermé dans l'appartement de Tom. Jusqu'à perdre conscience du monde, du courage.

Les jours suivant cette libération, il fut impossible à Tom d'échanger le moindre mot cohérent avec Cody. Il essaya de l'approcher de plusieurs manières, de lui dire que son hospitalité ne valait pas pour l'éternité. Mais Cody s'entendit toujours à l'empêcher de réussir, même s'il était bien difficile de s'apercevoir par quel moyen tant il restait immobile, prostré. Tom lui disait, à bout d'arguments, qu'il serait forcé de le chasser. Ce serait pour son bien, ajoutait-il aussitôt, honteux, avec le sentiment étrange de réciter une leçon que d'autres lui auraient dictée. Il fallait que Cody se prenne en charge. Qu'il devienne responsable et refasse sa vie. Voilà ce que disait la leçon.

Dans l'appartement, Cody perdait tout. Ses vêtements, des couverts, la télécommande, de l'argent. Il regardait Tom chercher aux endroits les plus improbables des objets insignifiants dont il soupçonnait à peine l'usage. Un rasoir électrique multifonctions, une cuillère à sorbet, une pince à cravate. Tom était également obligé de laver le linge de Cody s'il voulait éviter qu'une montagne de linge sale ne s'accumule dans la chambre. Il surveillait sa toilette, il le frottait dans le bain, sur le dos, les jambes.

Quoique son agacement augmentât, Tom commençait à entrevoir la valeur d'une entreprise comme la sienne. Cette situation tant haïe, née seulement de menus services, d'une bonne volonté naturelle, prenait un tour nouveau qui l'intriguait. Cette façon qu'il avait, par exemple, de prendre Cody par la taille pour l'aider à se lever d'un fauteuil. Ces gestes qu'il se voyait inventer presque malgré lui pour seconder la fatigue de cet homme, pour venir en aide à son découragement profond. Comme un petit frère qu'on traîne avec tendresse et usure

181

derrière soi, en se disant que c'est ainsi que cela doit être. Il le servait d'une façon si délibérée qu'il lui devenait chaque jour plus difficile de condamner l'attitude de Cody. Ce dévouement aveugle pour un être subalterne, sans étoffe, le poussait en fin de compte à défendre une cause dont il ignorait tout. En deçà peut-être des conventions. Ce compagnon malade de fatigue, engoncé dans une peur enfantine du monde, paraissait avoir rejoint une humanité silencieuse et déchirée. Une humanité innommable, sans imagination, sans espoir, et précieuse comme un nouveau-né.

Il fallait lui préparer tous ses repas. Qu'il n'ait plus qu'à les réchauffer (mais si Tom n'insistait pas, s'il ne rentrait pas chez lui aux heures des repas, Cody mangeait froid). Ses journées étaient mornes, désespérantes comme un tunnel sans fin. Cody avalait la nourriture qu'il n'avait pas gagnée, vivait dans un appartement qui n'était pas chez lui. Souvent il prenait une voix de téléfilm et criait : «Comment s'en sortir?» Rien pour lui, nulle part où se rendre. Le monde était comme un grand mur. Rien dans les bureaux d'emploi, dans les journaux. Il n'y avait donc que Tom. Il savait lui glisser des mots de tendresse, lui raconter des blagues sales, tard dans la nuit, quand ni l'un ni l'autre ne trouvait le sommeil. Il était allé jusqu'à lui donner des vieux maillots de corps à lui, des slips, des chaussettes, des chemises démodées. Près de Tom, Cody n'avait pas de comptes à rendre. Pas d'explications à fournir à longueur de temps. Il devait attendre. Quoi? Il ne savait pas vraiment. Peut-être que Tom le chasse d'épuisement et de honte. Mais ça lui allait. Il avait l'idée qu'ici, au moins, nul ne l'empêcherait de s'abandonner doucement. De disparaître à perpétuité en regardant la télé parler d'amour et de drames.

Il lui fallait un lieu sombre, silencieux. Un lieu pour se désoler, pour se décourager. Puisqu'on l'avait chassé de prison.

Tom finissait par s'embrouiller en voulant le raisonner. Avec ses grosses mains muettes, son regard vague, Cody écoutait tout avec une certaine complaisance. Le dos appuyé contre le mur au papier peint vieillot et fleuri que Tom ne s'était toujours pas décidé à changer. Profitant d'un de ces instants de communication, Tom voulait livrer enfin ses derniers arguments pesés, mûris, mais il s'interrompait brusquement devant le corps douloureusement attentif de Cody. Immobilisé dans une station incommode, comme un scarabée épinglé vivant. Perdu dans une fourberie obscure et avortée, les yeux mi-clos par une lassitude qu'on aurait dit calculée.

Car une autre hypothèse faisait son chemin. Qui laissait Tom pantelant, hagard. Que Cody pût profiter de la situation, que son découragement fût un jeu pour récupérer un abri. Tom se disait alors que Cody avait usé de moyens si peu communs, d'une docilité si extraordinaire, qu'il était ridicule d'imaginer une seule seconde qu'il ait pu chercher à ruser et à l'apitoyer pour le contraindre à accepter cette vie commune. Mais la façon gauche et presque courtoise avec laquelle il gardait les yeux baissés quand Tom élevait la voix, cette douceur qu'on pouvait qualifier de servile et qu'il prenait pour s'éviter des récriminations, tout cela aiguisait le caractère soupçonneux de Tom. Il était tout à fait plausible d'imaginer que Cody vivait sciemment à ses crochets. Qu'il avait tourné à son profit la situation lamentable et confuse de leur étrange duo.

« Il ne m'aura pas », se disait Tom. Cody ne lui avait pourtant jamais rien demandé. Il ne s'était jamais avancé vers lui. Il n'avait rien dit. C'est lui, Tom, qui avait proposé. Qui avait facilité les choses !

Et depuis, ils avaient un mal fou à se quitter. Cody faisait comme si Tom lui appartenait, comme si lui-même appartenait à Tom. Il voulait que Tom l'entoure de hauts murs, que la protection de Tom ressemble à des murs d'enceinte. Il serait emprisonné par Tom. Par l'envie de rester ensemble aussi forte que le désir de ne plus se voir.

Cody, quand il ne regardait pas la télévision, n'arrêtait pas de tourner en rond dans l'appartement. De ce pas triste des hommes qui voudraient rentrer chez eux et qui semblent avoir perdu leur chemin. Privé de la virtuosité aveugle du monde. Tom l'entendait qui soupirait après une destinée plus douce, ou simplement au souvenir d'une chose obscure, défaite, qui revient on ne sait comment avec l'humidité bleutée de la nuit. Dehors, il y avait l'enveloppe pelucheuse des rues sales, éblouies, où Cody refusait de plus en plus souvent de se montrer. Il passait parfois des heures à retrouver des gestes domestiques. Puis il entreprenait de plier inlassablement ses affaires jusqu'à ce qu'elles deviennent de plus en plus douces et malléables. Ses mains cassées triaient l'obscure domesticité du monde. Ou il s'affairait toute la nuit, remuant ses couvertures sans parvenir à arrêter ce petit courant d'air froid dont il se plaignait constamment. Tout en larmes et maladresse.

Il fallait faire quelque chose. S'expliquer avec lui, se disait Tom. Mais Cody ne tenait pas la conversation. Il parlait de cette espèce de parole découragée, un peu folle, qui n'atteint plus son objet. Qui n'est pas encore ruine.

Les événements des derniers mois revenaient. Ne laissant à Tom aucun répit. Il avait les yeux gonflés par le doute et la fatigue. Il se répétait d'une façon idiote que la bonne volonté des autres n'était jamais éternelle. Qu'elle pouvait s'user et disparaître.

Tom n'arrivait pas à se décider à commettre quelque chose d'irréparable. Qui aurait forcé Cody à le quitter. La seule tentative qu'il eut le courage d'exécuter, ce fut pendant les dernières vacances qu'il prit. Six semaines après la libération de Cody.

La veille de son départ, Tom profita d'une promenade avec Cody pour l'empêcher de rentrer à l'appartement.

«Je pars, tu ne peux pas rester seul ici.»

Il dit cela juste au moment où les nuages du crépuscule livraient leur dernier combat. Dans l'invisibilité du soir.

Cody parut ne pas comprendre. Il souriait vaguement.

«Ne reste pas là», murmura Tom.

Cody, les bras croisés, les jambes serrées, tentait d'avancer vers son compagnon. Avec un sourire bouleversé de bête domptée et abandonnée. La cruauté et la précipitation avec lesquelles Tom accomplissait sa décision le frappaient d'hébétude. La nuit devint noire et malade. Il vit Tom s'échapper et lui interdire l'accès de l'immeuble. Et voulant le suivre malgré tout, il l'entendit lui dire d'une voix aigre, le visage détourné de honte :

« Va-t'en, Cody. Oui, je pars. Je partirai toujours si tu restes là. »

Seulement alors, et pour la première fois, Tom vit se peindre sur le visage de l'homme abandonné à son sort l'expression d'un chagrin réel, d'une peur nouvelle. Peur d'être sans l'autre plongé dans la laine inextricable du silence du monde. Peur des moindres dangers, de la honte d'être seul et oublié. Chagrin insupportable de celui qui se voit puni et ne comprend pas la faute qu'il a bien pu commettre. « Nous n'avons pas d'autre choix que celui-là. » Tom n'eut pas la force de prononcer ces mots.

Parler était devenu mensonge.

Cody resta contre le mur où Tom l'avait forcé à se tenir pour l'écouter.

12

Il passa seul quinze jours d'un mois d'août brûlant, dans une pension sur la côte. Là-bas, il rencontra sur la plage une jeune fille à qui il voulut confier son dilemme. Le corps mince et bronzé de la fille avait quelque chose de délicat qui poussait à la confiance. On aurait dit une feuille frémissante.

Il pensa avoir trouvé un être avec qui partager son histoire. Avec qui s'associer. Cela est venu très vite parce qu'il se sentait abandonné et qu'il croyait qu'il ne trouverait plus personne pour l'aider à se débarrasser de Cody.

Il lui demanda son prénom. C'était Susan. Elle logeait chez des amis « pas commodes ». Impossible d'inviter Tom. Ils vécurent ainsi leur liaison sur la plage, dans les cafés. Tom ne voulant pas risquer perdre sa chambre en pension qu'on lui avait sévèrement interdit de partager.

Bien entendu, Tom n'avait pas la moindre idée de la façon dont Susan pouvait l'aider. Il s'était penché vers elle dans un mouvement doux, alangui, presque funèbre. Elle avait les mains moites et froides. Cette fille lui parut lumineuse, mobile. Près d'elle, pensa-t-il, il oublierait Cody.

Elle regardait un peu partout, assise sur le sable, d'un air désœuvré. Disant qu'elle avait à faire pourtant, qu'elle n'était pas en vacances. Il n'apprit rien de plus la concernant. Elle apparaissait comme un fantôme dans cet été translucide, dévorant de chaleur. Les flots sombres et bouillonnants d'écume venaient fouetter le sable. Il l'avait suivie sur la plage avec ce sourire de naufragé, ce vague remords d'une promesse non tenue. Se doutant qu'elle savait de lui quelque chose qu'on ne lui avait jamais révélé. Elle semblait familière d'une masse de phénomènes anxieux et glacés.

Elle l'interrogeait pensivement et paraissait avoir quelque sentiment pour lui. La première fois, sur la plage, Susan s'était levée et avait changé de place quand Tom s'était approché. Elle s'était sentie un peu gênée car elle n'avait pas tout compris ce que tentait de lui raconter cet homme. Et cette gêne, cette surprise lui fit dire quelque chose qu'elle n'avait peut-être pas voulu dire, mais qui les rapprocha parce qu'elle vint au bon moment. «Monsieur l'enquiquineur, je ne m'intéresse pas à vos envies de meurtre.»

Cette chose ridicule parut d'une grande vérité à Tom.

Susan avait écouté son récit de mauvais gré. Trouvant qu'il n'y avait pas de quoi en faire une histoire. Mais le désespoir incompréhensible de Tom l'excita. Et d'une voix calme et familière, elle l'engagea à poursuivre ses explications. C'était l'été, Tom s'en apercevait à peine. Le vent bruissait dans les pins. Susan, au contact de Tom, de sa drôle d'histoire, retrouva une certaine vivacité qui l'embarrassa au point qu'elle fut incapable de savoir si ce regain d'attention était à mettre sur le compte des pensées criminelles qu'elle lisait dans les yeux de Tom ou de l'apparition chez elle d'un vague sentiment d'affection.

Elle avait une voix à ériger de fragiles édifices où se reposer. Répétant très vite à Tom : «Vous êtes un monstre.» Jamais une femme ne l'avait traité ainsi. Et cela s'enfonçait patiemment dans l'été. Comme une eau dans la poussière, une eau amère qui boit toute rémission. Oui, Susan se mit à lui parler des choses que ne peut jamais nommer correctement la voix des gens. Leurs corps se heurtaient, se froissaient l'un contre l'autre.

Tandis que rôdaient sur les plages d'impassibles misérables qui tentaient de prendre possession du ciel vide.

Susan demandait : « Eh bien… »

Tom cherchait à s'expliquer. Il disait qu'il était… qu'il voulait… Parler était difficile. Chose brève qu'il ne possédait plus déjà. Susan soupirait, le traitant de monstre, monstre, monstre. Sans raison, ces mots dérisoires prirent de l'importance. Ils devinrent solennels. Susan se déshabillait sur la plage. Les vêtements glissaient, vides, et tombaient en coulant sur le sable. Tom gardait désespérément son tee-shirt blanc qui couvrait à peine sur lui cette chose qui a toujours été sur les hommes fatigués de vivre. Une rondeur lasse. Une impatience moite qui se colle à vous.

Susan répétait qu'il n'y avait rien d'amusant dans les vacances. Elle portait sur elle une odeur de cigarettes parfumées. Lentement, elle commença à vouloir venir en aide à Tom. Le regard perdu dans des songes. La qualité de l'éclat de ses yeux revenait doucement avec une grande monotonie, après de longues réflexions, les paupières baissées. Tom semblait incapable de donner à Susan ce qu'elle lui demandait. Quelque chose qu'il ne s'expliquait pas l'empêchait même parfois de la toucher.

Tout était endormi et dur comme du diamant. Le soir, sur la jetée, ils étudiaient les constellations, car elle se disait férue d'astrologie. Les pizzerias bondées, surchauffées laissaient échapper un vacarme rassurant. Ils allumaient cigarette sur cigarette. Susan était transparente dans la nuit. Tom découvrait en elle une saveur épicée, tendre, qu'il croyait réservée au monde végétal. Il devinait sur elle la tentation effrayante de provoquer l'irréparable. Susan détournait ses baisers et le pressait de questions. Avide alors de tout connaître de son histoire qui, finalement, lui apparut comme un heureux divertissement à l'ennui de l'existence sur les plages.

Elle lui demandait :

« Et ce matin, est-ce que vous pensez encore à lui ? Est-ce que vous n'allez pas l'oublier enfin ?

— Il faut m'aider… »

Tom lui parlait d'un premier désir d'abandonner Cody qu'il avait eu quand il avait compris qu'il ne partirait jamais de chez lui. Il se souvenait de cela comme d'un premier désir de lui donner la mort. Susan ne disait plus rien et se demandait comment faisait Cody maintenant qu'il était séparé de Tom.

Il ne fallait pas penser à ça. Ce devait être interdit, sacré.

192

«C'est bien trop ridicule, dit-elle une fois.

— Qu'est-ce qui est trop ridicule?» demanda Tom, vexé.

Elle ne savait pas exactement. Cette union entre deux hommes qui n'avait pas vraiment de nom, pas de désir. Ce penchant abominable.

Il raconta comment il retrouvait Cody en larmes, tremblant après avoir essayé d'affronter l'extérieur pour une course quelconque. Il se souvint d'une chose et précisa :

«J'ai su qu'il a passé toutes ses premières années de prison dans un quartier d'isolement. Seul toute la journée. Il ne prenait même pas la peine de s'habiller et se déplaçait tout nu dans la cellule. Il restait allongé comme une bête. Les gardiens le voyaient ramper. Il ne prenait même pas le soin de se vêtir devant eux. Il faut que je vous dise tout ça. Et puis comment les choses se sont passées avec moi. Il s'est attaché à moi, un peu comme l'aurait fait un chien. Je ne pouvais tout de même pas le renvoyer en prison. D'ailleurs, c'était fini, ils n'en voulaient plus. Rien à faire. Certains détenus deviennent pires que des bêtes, lui ça l'a rendu très doux, un peu idiot, voyez-vous.

— Vous avez l'air de vous sentir coupable, murmura Susan. Comme si vous aviez peur. Peur de vous ne savez quoi.

— Voilà que vous me faites des reproches, répliqua Tom. Mais après tout, vous avez raison. Jamais je n'aurais dû accepter de lui rendre service et de le laisser entrer chez moi. C'est facile, remarquez, de comprendre après coup ce qu'il fallait faire ! »

Il poussa un énorme soupir comme si on venait de lui causer un tort irréparable. Il découvrait obscurément que le regard neutre et las de Cody lui manquait.

« Parlez-moi encore de cet homme que vous avez abandonné, demandait Susan.

— Je ne l'ai pas abandonné. Ne dites pas ça.

— Décrivez-le-moi.

— Non, c'est impossible. Il a si peu de courage qu'on est forcé de le protéger. C'est tout ce qu'on peut dire.

— Comment est-il ? Vous pouvez bien me le décrire !

— Non, répétait Tom abasourdi.

— Alors vous mentez. Vous êtes un menteur. »

Le matin on arrosait les plages afin de les nettoyer pour la journée. Les employés municipaux découvraient Susan et Tom enlacés, transis et muets derrière le parapet de bois qui longeait la plage. Derrière ses lunettes de soleil qu'elle portait en permanence, Tom

194

cherchait le regard de Susan. Il était effrayé en s'apercevant qu'elle attendait qu'il lui parle encore de Cody. «Je ne voulais même pas vous en parler, lui disait-il précipitamment. Je voulais l'oublier. Mais j'ai pensé que l'opinion d'une femme comme vous pourrait m'aider à m'en sortir. En face d'une pareille histoire, qu'auriez-vous fait?» Elle semblait agacée. Tom ajoutait: «Vous ne pouvez pas savoir ce que c'est d'avoir envie de tuer quelqu'un qui ne dépend plus que de vous. De ne pas avoir le courage tout bête de lui dire: "Fous le camp. " De n'avoir plus que ça comme recours dans la tête: l'idée de sa mort. »

Quand Susan l'interrogeait, il était pris par l'abominable évidence du peu de chose qu'il savait de Cody. Susan, son corps mince, son parfum, chassaient l'image de cet homme perdu dans les ténèbres du découragement. Tom ne voyait plus que ses longs yeux timides et rougis, ses bras potelés qui n'embrassaient jamais rien comme s'ils avaient lâché leur foudre.

Ils se nourrissaient de pop-corn, de limonade et de bière, dans les baraques estivales du bord de mer. L'horreur semée partout sur les plages s'épanouissait. Les essaims éthérés des autres se balançaient à l'horizon. Tom

195

pensait à Cody. Aux sombres explications de Susan sur ce genre d'hommes qui ne veulent même pas qu'on les avertisse de l'amour qu'on a pour eux. Comme ces vagabonds qui l'hiver couchent sur les bouches tièdes du métro et bourrent leurs haillons de papier journal.

Il devait oublier, répétait Susan. Oublier la manière pitoyable et déchirante dont Cody portait sa tête de côté chaque fois que quelque chose l'étonnait ou le gênait.

« Bientôt, vous ne vous souviendrez plus de lui. Vous n'aurez d'yeux que pour moi, de mémoire que de moi. Mon corps d'enfant que vous n'arrivez pas à aimer vraiment. Cet étrange été dans lequel vous oublierez votre envie de tuer ou de consoler. Il n'y aura que moi. Tout le reste sera recouvert. Et vous m'aimerez. »

Cette tentation était si forte qu'il pleurait.

13

«Je ne comprends pas que vous ayez opposé si peu de résistance à cet homme, disait Susan. Qu'il ait pu accaparer à ce point votre vie et votre esprit.» Mais Tom se souvenait seulement avoir rougi de honte devant la passivité de Cody. Comment me serais-je dressé contre ce découragement? pensait-il. Comment aurais-je pu oser moi-même résister à cette douceur résignée?

Ils remontaient l'avenue des Mimosas, déserte avant le réveil poisseux des touristes. Avec reconnaissance, Tom observait Susan réfléchir, en attendant que les garçons des cafés veuillent bien leur ouvrir. Alors ils s'asseyaient avec raideur, les yeux fixés l'un sur l'autre, les cheveux en bataille, du sable sous leurs ongles. Elle disait que le mieux était de «s'en débarrasser» – l'expression déplut à Tom –, qu'on ne pouvait tout de même pas ramasser tous les chiens perdus, tous les cœurs solitaires. «La misère du monde» – c'étaient ses mots.

«Tom, il faut me promettre que vous le tuerez s'il revient chez vous. Je vois qu'il vous a contaminé, que vous portez sa douceur, sa résignation. Tuez-le, et vous me rejoindrez ici. On s'en ira. On voyagera.»

Elle lui donnait l'impression de savoir où aller, de savoir comment s'y prendre pour réussir une autre vie. Elle faisait alterner la douceur et la violence.

«Écoutez-moi, insistait Susan. Il arrive qu'on ne retrouve jamais les assassins. Que l'impunité vienne tout couronner. Particulièrement si la victime est un vagabond. Un homme sans importance, sans valeur. Rien n'est à craindre. Aucune indiscrétion.»

Ces mots pesaient lourd. Tom se sentait vieux, fatigué, et se disait que rien ne pourrait jamais arriver s'il ne faisait pas ce que lui conseillait Susan. Il avait acquis la certitude que Cody l'attendait inexorablement. Qu'il ne pourrait pas lui échapper. Tout lui semblait vague, difficile. Il ne parvenait pas à oublier la majesté, le mystère de l'homme broyé sorti de prison.

«Le monde sera muet, ajoutait Susan. La mort de Cody ne vaudra jamais la peine d'un châtiment.»

Comme il ne disait rien, elle le suppliait de parler, de prendre sa main, de la toucher.

« Oui, il arrive qu'il faille faire comme si tout était possible. »

« Dites-moi la vérité, demandait inlassablement Susan, vous n'avez pas envie de venir vivre avec moi ?

— Je ne peux pas », s'entendait répondre Tom. Il devenait blanc et se mettait à trembler. « Il n'existe pas, murmurait Susan, ce type n'existe pas. » Tom en éprouvait une souffrance très étrange. Une souffrance qui lui donnait envie de tuer. Cette mystérieuse souffrance ne le quitta plus.

Une nuit, sur la plage humide d'une petite rosée perçante, Tom se mit à sangloter interminablement. Susan le serra contre elle. Il sentit la chaleur transie de sa poitrine nue sous le pull. Elle le consola en déclarant : « S'il ne veut rien entendre, nous l'éliminerons. Je vous aiderai. » Tom s'apaisa petit à petit. Il commençait à souffrir de névralgies. Le souvenir de Cody l'obsédait. Le bruit de la mer roulait dans sa tête. Il apercevait les seins blancs de la fille, d'une blancheur qui devenait algue, limon. Il la regardait et se disait que peut-être elle connaissait Cody. Qu'elle n'était pas là par hasard. Mais venue pour armer son bras, pour lui instiller le goût de tuer. Avec la houle. Parmi ces villages nomades de vacanciers.

Susan répétait en fermant les yeux : «Parlez-moi de lui. » Comme si elle avait deviné que Tom était déchiré entre le désir de chasser Cody de son existence et l'envie irraisonnée de le protéger, de l'aimer. Etait-ce visible à ce point? Pouvait-on voir sur lui les traces de cet étrange désir d'une fraternité sans avenir, sans valeur? «C'est sa mort que vous voulez», martelait le mince filet de voix de Susan. Oui, c'était sans doute cela, songeait Tom avec terreur et en revoyant Cody en bas des escaliers de l'immeuble quand il lui avait annoncé qu'il partait. Il avait senti alors qu'il était dans l'impossibilité de le regarder sans revenir sur sa décision. S'il levait les yeux, c'était fichu, avait-il pensé.

Susan, par son jeu, ses allusions, réveillait cette scène. Et plongeait Tom dans un tel état d'ébullition qu'il se sentait capable d'assassiner Cody non pour s'en débarrasser mais pour chasser de lui la vision effrayante de ce visage bouleversé par une incompréhensible punition. Pour éteindre ce regard idiot au point de ne pas avoir su crier à l'injustice, d'avoir manqué du courage de l'indignation. Tom se disait avec fièvre que Cody aurait pu se révolter contre lui, demander davantage de patience. Lui dire qu'il ne s'imaginait pas sans lui, sans la douce borne de leurs deux corps côte à côte, désœuvrés, paresseux.

Susan chantait avec les radios de l'été sur la plage. Ils tueraient Cody. Ils se l'étaient promis. Ensuite, ils quitteraient ce pays. Tom imaginait qu'ils y reviendraient après des siècles, comme on revient du royaume des morts, dans une très lente neige. Il savait que Cody serait toujours là. Vêtu des pires hardes du chagrin, de l'attente. Il pouvait même le voir déjà, le suppliant des yeux de l'arracher de la terre.

Visions de Cody. Comment l'aimer encore? Il le voyait se débattre doucement entre les mains toujours trop lentes et maladroites d'invisibles bourreaux.

Susan ne cessa plus de parler à mi-voix. Soupçonnant chaque vacancier autour d'eux. Ils ne devaient pas se faire repérer, disait-elle. On l'aurait dit soudain excitée par cette rencontre, par cette histoire d'hommes inséparables. En parlant, elle libérait l'instinct de destruction qui couvait en eux, que ce soit, un jour, sous forme d'envie de meurtre, ou, un autre jour, de désir de mourir eux-mêmes, d'en finir. Sa nature enfantine, inachevée, avait quelque chose de monstrueux. Regard dissimulé, petite bouche pincée. En sa compagnie, Tom fut saisi du besoin de violence, d'acte irréparable. Sur la plage, on les disait amants. Il devinait pourtant qu'il n'était plus possible d'aimer. Fermé sur les mots terribles qu'elle prononçait, il s'accusait de n'avoir pas su aimer jusqu'au bout l'homme qui s'en était entièrement remis à lui.

Une envie d'agir indéfinie le prenait. Il observait Susan avec une curiosité douloureuse, surprenante, dont il entrevoyait mal l'objet. Il se sentait à la fois étonné et affamé. L'idée de tuer s'était emparée de lui. Il l'avait partout. En dormant, aux toilettes, sur la plage. Une monstrueuse volonté de faire, de commettre qui lui donnait la chair de poule. C'était comme une chose mûre et interdite. Il essayait de l'effacer. Il comptait les étoiles, il pensait aux choses extrêmement silencieuses comme le sable, comme la terre. À des voix d'anges. Une douceur cruelle s'insinuait dans la lumière de l'été.

La sueur délicatement parfumée de Susan le plongeait dans une désespérance subite. Jamais, pensait-il, il n'avait connu de fatigue plus extrême que celle-ci. Près de cette fille. Vêtue d'un long pull misérable, pelucheux. Elle jouait encore, faisait des plans. Ils partiraient loin une fois leur forfait accompli. Ils ne reviendraient plus.

«S'il veut de l'argent, disait soudain Susan, nous lui en donnerons. »

Pendant un moment, elle avait abandonné ses projets de meurtre. Elle imaginait alors qu'elle pourrait l'acheter. Il s'effacerait de lui-même comme tous les autres. À force d'envie

et d'argent. Et parce que jamais un tel per-
sonnage n'avait existé, à ce point hors du
monde et de la vie. Chaque jour, expliquait-
elle à Tom, on peut recoudre les mailles du
monde. C'était comme le bourdonnement des
abeilles noires autour des poubelles de la
plage. Une activité incessante et laborieuse.

« Mais où donc pensez-vous qu'il irait avec
ses pieds usés, son gros corps de fagot, et ne
sachant même plus épeler son nom ? »
demandait Tom.

Comme nous tous, il devait rêver d'aller de
l'autre côté. Dans un monde où son haleine
serait devenue visible de tous, où son âme
aurait lui comme une flamme dans un miroir.
Avec une main de femme toute proche, et
l'ombre d'une embrasure. Il se serait senti
capable de boire dans des flûtes en cristal,
d'entrer dans cette lumière qui bâtit des villes...

Sur la plage, le corps de Susan était cendre.

Parfois Tom avait l'impression que certains
mots lui avaient échappé, et que Susan réalisait
à peine le désarroi qu'elle pouvait déclencher.
D'où venait-elle ? se demandait-il alors en pres-
sentant son pouvoir illimité. Comme si elle voulait le pousser dans un élément hostile, vers une
force barbare. Vers le pire. Comme si elle n'avait
pas eu d'existence réelle. Fée. Apparition.

Rien n'y fera, pensait Tom en se tordant les
mains. Ni la mort ni la fuite. Il était si

profondément entré dans ce découragement qu'il ne serait plus jamais capable de s'en éloigner. Susan peu à peu le sentait. Tom lui échappait. Il avait entamé son lent retour vers Cody. Elle lui disait : «Vous vous tenez dans cette horreur qui va vous enliser. Vous ne vaudrez pas plus qu'un de ces grains de sable.» Et Tom était fasciné par les poignets fragiles et souples de Susan quand elle faisait glisser le sable entre ses mains.

L'horreur et la honte étaient en elle. Le tourment de tuer rôdait sur elle. C'est elle, avec ses gestes lents d'amour, de caresses indécises, qui allait prescrire le châtiment. Elle disait que les gens ne savaient pas se voir, ni se reconnaître entre eux. Qu'ils restaient ainsi indéfiniment plongés dans l'incompréhension de la vie. Sur les plages, au travail. «Si j'avais été sincère avec vous, Tom, vous ne m'auriez pas suivie. Je ne suis pas celle que vous imaginez. Je suis une autre. Et si vous aviez su la vérité concernant Cody, peut-être l'auriez-vous rejeté loin de vous.»

Tom ne voulait plus l'entendre. Et pourtant il venait vers elle, pour la traiter comme elle demandait. Ou plutôt pour faire ce vers quoi ils étaient poussés. Tom ne pouvait pas s'y opposer. Elle lui disait : «Caresse-moi.» Il obéissait dans le remords et la douleur animale. Pour accomplir ce quelque chose qui rend les hommes aveugles et mélancoliques. Cette force lâche qui jette les hommes sur les femmes.

Un soir, épuisé, écœuré, Tom lui demanda durement : «Est-ce que vous connaissez la prison ? Cette usure de la force et du courage qu'elle accomplit au fond de vous ? Jusqu'à perdre confiance en votre propre corps, en votre propre esprit. Et qu'en sortir un jour ne soit plus qu'un réveil intolérable. En garder à jamais la voix fêlée, le sexe apeuré. »

Susan ne répondit pas. Elle lui parut d'une beauté totale, sans défaut. Ses cheveux décoiffés, l'air résolu de ses yeux. La tête jetée en arrière, elle lui dit simplement qu'il n'aurait pas le courage de la quitter. Elle.

Les jours avaient passé. En finir avec la vie aurait été simple. Mais cela n'aurait rien réglé entre Cody et lui. Tout justement rien.

Susan avait émoussé le plaisir du jeu, la griserie de l'imagination criminelle. Elle ne cessait, par mollesse, par abandon, de réclamer de l'amour, des caresses. Tom s'en sentait définitivement incapable. C'était une espèce de faim sauvage qui s'était tarie. Le corps mal dégrossi de Susan, irrité par plusieurs nuits sans sommeil, retournait avec les autres corps de la plage.

Tom s'interrogeait pour connaître la raison de cette fatigue d'aimer qui logeait en lui comme une étrangère réconfortante. Il se demandait pourquoi, à ses propres yeux, il était devenu indigne d'être aimé et d'aimer. Il s'accusait alors d'avoir abandonné Cody. Il ressemblait à un animal égaré. Il ne trouvait plus en lui la volonté de créer quelque chose, ni le désir de se sauver, de s'en sortir par quelque moyen que ce soit. Ni, enfin, aucun regret du passé.

« Je veux seulement qu'il fiche le camp », répétait Tom avec maladresse.

Susan haussait les épaules. Elle devinait que Cody n'avait plus assez d'argent pour se nourrir, qu'il ne pouvait que revenir auprès de Tom. « Comme les vagues », disait-elle d'une drôle de voix. Elle paraissait fatiguée, peinée. Il faudrait l'éliminer. Elle devait savoir qu'il n'y avait parfois pas d'autre solution pour se séparer des êtres abandonnés qui s'étaient amarrés à vous. « Je ne veux tuer personne », murmurait Tom. Susan le regardait fixement. En proie à une certaine impatience. « Ce n'est pas vrai », murmurait-elle toute glacée.

Il s'aperçut qu'il n'avait plus de repères. Qu'il ne connaissait plus de limites. Il avait élevé un mur si haut autour de lui pour être capable de protéger Cody qu'il ne pouvait plus communiquer avec personne d'autre. Il lui avait tout sacrifié. Susan le lui reprochait. C'était devenu si difficile, si dur qu'il n'y avait plus de place pour autre chose.

Un soir, peu avant son départ, Tom expliqua cela à Susan. Elle pleura, épuisée par leurs conversations, leurs aveux. Ils faisaient face aux derniers rayons du soleil.

Elle disait : « Je ne crois pas finalement que nous ferons ce voyage ensemble. »

Des ombres légères dansaient sur le sable. Ils étaient possédés par la force sans vaillance de l'été.

Par-delà toutes les ombres, toutes les humiliations.

Cette nuit, Tom et Susan se séparèrent fâchés, comme n'importe qui, comme tous les autres sur la plage. Lui se jura étrangement de ne plus se retrouver près d'une femme tant qu'il n'aurait pas réussi à se débarrasser de Cody.

Mais plus étrange encore fut le sentiment qu'il retira de cette dispute. Ainsi on pouvait en finir avec un être auquel on avait pu croire s'attacher. On pouvait être capable de le quitter sans nostalgie de l'inconnu, de ce qui aurait pu arriver, après l'avoir seulement effleuré du bout des lèvres. On pouvait l'abandonner sans trop de mal. On devenait comme deux personnes qui ont échappé à une catastrophe, à un mystère qui les aurait englouties. On se séparait sur un événement bien moins énigmatique que celui de la rencontre. Bien moins à craindre, bien moins digne de frayeur et d'étonnement, en fait. La force de la désunion n'était qu'un retour au découragement, à la fatigue. C'était le sentiment de revenir bredouille et apaisé de la peau brûlante et déchirante de l'autre, de ses regards enflammés. Sentiment d'avoir été sauvé de justesse, à peine gâché par un léger dégoût de soi. Et malgré tout, on se sentait plus fort, plus heureux, plus malin.

Jamais il ne pourrait aimer durablement. Cody occupait tout. Il prenait toute la place. Il y avait une logique dans tout ça, se disait-il. Une intention précise. Encore fallait-il la découvrir, l'accomplir.

Cela eut lieu un matin de très bonne heure. L'air était baigné d'une lumière d'argent. Susan était silencieuse, les yeux agrandis, les lèvres humides. Ses jambes, minces, se chevauchaient comme les longues tiges sans force des roses trémières. Elle l'avait cherché toute la nuit. Elle lui dit une dernière fois : «Je suis jalouse de *lui*. »

Jalouse de cet homme naufragé. Egaré dans un état lamentable, tombé au plus bas de tous les états de l'existence. Elle dit aussi : «Je vous aime, Tom. »

Un vent sans nom et sans visage emporta ces mots. Susan restait immobile comme quelqu'un qui attend dans la nuit, à la recherche de ce qui échappe à la nuit.

Elle répéta ses horribles pensées. Comme

une incurable maladie qui la rongeait. Elle réclamait une décision qui les aurait plongés dans une profonde tristesse, dans la plus profonde des tristesses. Tom balbutiait avec fièvre : «On ne peut pas, on ne peut pas.» Il pensait à l'infini découragement de Cody. À sa paresse intimidante. Au manque de projet qu'il opposait patiemment à tout. Même à la volonté de tuer.

Tom était brûlant. Susan regardait simplement droit devant elle. Cela aurait suffi à rendre fou n'importe qui. Elle répétait à mi-voix les choses sinistres qu'ils s'étaient dites. Sa silhouette s'étira comme une ombre monstrueuse. Puisque Tom n'en avait pas le courage, c'est elle qui irait tuer Cody. Tom l'imaginait déjà se faufiler dans les escaliers, découvrir Cody endormi sur le palier. «Je suis sûre qu'il t'attend», disait-elle. Cody se réveillait et la voyait arriver vers lui. Elle ne l'intéressait pas. Il n'écoutait pas un mot de ce qu'elle lui disait en hurlant. Tom entendait les sanglots de Cody, le bruit de ces pleurs le touchait. Cela ressemblait au bruit des flots. Elle le tuait alors d'une façon horrible, insoutenable. Sa robe était trempée de sueur et collait à son corps.

Tom sentit que quelque chose de terrible le faisait se dresser. La paix du petit jour le dévorait.

Susan lui dit : «Ne fais pas ça.» Il voulait simplement sauver Cody. Il ne supportait pas qu'on touche un seul de ses cheveux.

Elle cria mais assez faiblement. Tom traîna le corps dans les vagues. La mer était peu agitée et le corps de Susan fut mollement ballotté. Au loin, sur la jetée, on sortait les tables et les chaises en terrasse. Dans quelques heures, les touristes se réveilleraient. C'était un endroit de rêve. L'été se traînait sans fin. Languissant et monotone. Le matin, sur la plage, les touristes cherchaient dans les journaux, avec une sorte d'impatience et de jubilation mauvaise, les catastrophes, les guerres, les assassinats. Cela les épouvantait jusqu'à l'heure des repas qu'on prenait sur les planches devant la longue plage.

Tom avait senti l'haleine acide et vaporeuse de Susan. Les mains moites qui avaient glissé contre lui. Il commençait déjà à faire très chaud.

Le visage liquéfié, il vit que dans la blancheur vive du ciel se dessinait la plus grande catastrophe de l'homme. Le monde abandonné dans sa maladie pitoyable, sans guérison. Dans sa maladie d'autoconservation. Son désir de salut à tout prix. Il eut froid. Gelé jusqu'aux os malgré le soleil qui frappait. Il ne regardait plus Susan et écoutait simplement le bruit inlassable que faisait la vie ravagée, l'existence plus bas que terre.

Il vit des millions de visages fermés et absents.

Il prit la fuite.

Ce qui fut étonnant sur le chemin du retour des vacances, c'est que, du coup, Tom sentit qu'il en avait fini avec un pan de son existence, de lui-même. Qu'il ouvrait une autre histoire comme s'il venait d'entrer dans un crépuscule. Etait-ce le désir de tuer qu'avait déchaîné Susan ou l'expérience dérisoire d'une séparation comme tant d'êtres en vivaient autour d'eux? Ou encore le fait de découvrir que Susan et lui n'avaient eu à être ensemble qu'un temps infiniment court et misérable. Et que deux êtres pouvaient ainsi se mêler, tout s'avouer, et se détruire sans autre dommage autour d'eux.

On retrouva le corps de Susan gonflé d'eau de mer, brillant de sel. Elle vivait seule ici, contrairement à ce qu'elle avait dit à Tom. Personne ne l'avait jamais vue avant cet été. Personne ne l'avait remarquée sur la plage. Ou si peut-être… Toujours seule, dirent les derniers touristes de la saison. Il n'y eut pas un être humain, pas une bête pour identifier son corps à la morgue. On était écrasé de soleil. Les gens se regardaient sans se voir.

Après le meurtre, remarqua Tom, il n'y a personne, aucun visage connu, pas un être humain. Il n'y a aucune explication, aucune excuse. On reste seul et on voit tout d'un œil différent. On commence à s'éloigner, à se séparer de tout. On ne sent plus la pulpe acide des autres, on ne voit plus leurs visages inquiets et lourds.

On ne se sent plus un homme. L'envie de tuer a tout dévoré. Il ne reste en vous qu'un être acculé à faire, et une fois cette limite franchie, tout retentit de façon discordante et laborieuse. Comme si une note devait manquer toujours. On reste, tout vif et transi, à ce bord vertigineux d'une harmonie déchirée.

Tom était rempli d'une attente indéfinissable. Il avait le sentiment confus de s'être trompé, d'avoir raté quelque chose comme lorsqu'on a confondu les horaires d'un train. La vie devient alors un épouvantable écrasement. L'important a disparu; l'urgence s'est inexplicablement usée. Il revoyait avec horreur le visage de Susan, quand il avait sondé son regard, et quand elle avait fini par mourir. Dans les vagues. En se moquant encore de lui, de son histoire idiote et douce, comme elle n'avait cessé de le faire depuis le début de leur rencontre.

Puis, quelques heures après seulement, il ne garda de Susan qu'un souvenir confus. Souvent les assassins ne reconnaîtraient pas leur victime si elle venait à ressusciter sous leurs grands yeux endormis. On imagine seulement qu'ils seraient capables de l'accueillir comme une lointaine connaissance.

14

Tom revint donc un soir. Dans l'entrée de l'immeuble, il y avait une seule personne, un homme épais, minable, l'air absent, assis près de l'escalier. C'était lui. Il n'avait apparemment plus la force de se lever. Son visage désolé, sa bouche pâteuse.

Au-dessus des toits, brillait ce bleu aigu comme une lame des nuits d'été. «Maintenant, je sais, oui, je sais – murmura Tom – il ne me quittera pas d'un bout à l'autre de la terre.» Cody avait un visage inexpressif, noyé dans cette grâce neigeuse des gens abandonnés. Plus rompus et terrassés qu'en apparence. Il semblait ne rien comprendre à la solennité de l'instant. Les yeux barbouillés.

Tom fut presque pris de vertige et d'épouvante. Il eut envie de l'injurier, de le battre. L'émotion les étranglait. «Je le hais, se dit Tom, je hais son odeur, sa présence.» Il portait un gros manteau et paraissait absolument sans défense. Une sorte d'homme éternellement médiocre, intimidé par les choses. Son corps paraissait gagné par une raideur définitive et une négligence absolue. Son corps blanc irrité sur la toile rugueuse de la terre, contre la peau ferme des autres, les mots durs du monde. Autour de lui, tout était incroyablement sombre et dense, riche comme la nuit pleine d'éclats. Il y avait aussi de la douceur et de la bonté – cette douceur et cette bonté qui précèdent souvent les fortes migraines.

Ils montèrent ensemble les marches. L'appartement sentait le renfermé. Les fenêtres étaient recouvertes d'une telle couche de poussière que la lumière du jour ne les traversait plus que sous l'aspect doux et rassurant d'une lueur de caverne. Cela ne changea rien pour eux. Leurs ombres avaient cette transparence un peu terne de la fatigue et du découragement. Le réfrigérateur était vide. Tom dit à Cody : «Ne mets pas tes chaussures sales sur le canapé.» À la télé, on passait *Kojak*.

Ce soir-là, Tom voulut le tuer à son tour. Il sentit ce désir de mort se poursuivre dans l'infini. L'atteindre comme un cancer. Il vit qu'il pourrait facilement se débarrasser de Cody. Si facilement qu'il en fut effrayé. Il devint faible, il eut peur de lui, du moindre de ses mouvements. Cody se livrait à lui pieds et poings liés. On racontait qu'il avait mangé des ordures au pied de l'immeuble. Qu'il avait refusé de bouger comme un bébé alangui. Prenant soudain conscience du vrombissement du silence qui envahissait chaque jour de cette transparence vibrante et pure. Comme le son dur du diamant. Quand les activités du monde reprenaient, que les couloirs du métro sentaient l'after-shave, la morne impatience d'une course sans objet défini.

Cody resta assis stupidement au bout du lit. Le corps embarrassé d'un effort qu'il refuserait toujours d'accomplir, d'un pas impossible à franchir. Perdu sur une autre rive.

La télé étouffait le bruit de l'extérieur, le souffle lourd de leurs respirations. Alors une force humaine, tendre, traversa Tom. Une force faite des détails les plus insignifiants, les plus inutiles de l'existence. Il crut que Cody savait, qu'il avait tout deviné. Que son gros corps immobile faisait le recensement des choses, du mal. Il vit une eau verte et bleue à crête d'écume. La mer surgit dans ses yeux fous, et roula dans son corps fatigué. Elle lui parut illimitée. Avec fièvre, Tom prit son compagnon par la main, en murmurant : «C'est fini.»

Il aurait voulu ajouter une sorte de poème – dire qu'il y aurait bientôt des rires dans la terre – il y aurait comme une douceur pour aider à traverser la nuit, des rumeurs faciles sur leurs lèvres, de la sciure de bois pour assouplir leurs pas, des arbres, des cuisses de femmes longues et précises. Ils achèteraient des vestes qu'ils croiseraient simplement sur leurs ventres mous. Des chemises trop larges et des souliers craquelés – noirs et humides. Les poches pleines de cigarettes – et ils fumeraient avec espérance.

Ou bien ils resteraient à l'abri. Peut-être jusqu'à l'automne.

Cody semblait triste, raide, indécis. Tom se heurta simplement à cette attitude timide et repentante. Paupières baissées. Reniflant. Quelque chose comme la façon qu'aurait le dernier être humain à vous faire comprendre qu'il était encore là. Qu'il fallait compter avec lui. Que la langue humaine avait disparu. Qu'il n'y avait plus que cette salutation minimale et sans forces.

Ce fut ce rejet de toute espèce de connaissance, de prescience, qui désarma Tom. Qui l'apaisa. Et ce soir-là, Tom comprit qu'il était acculé à apprendre à aimer Cody. À entrer dans l'absence du monde. La seule comparaison qui lui vint alors à l'esprit, ce fut une rencontre entre un homme et une bête où l'homme sait qu'il ne sert à rien de demander pardon. Qu'il n'a qu'à se plonger dans le regard ouvert de la bête.

Il contempla ce gros bonhomme mou comme une chique et qui n'arrêtait pas de renifler. Il portait sur lui une odeur salée de sueur et de larmes. Il l'avait accueilli, aux pieds des

216

escaliers, avec un grognement de peine, un vague regard fixé sur le mur. Il avait eu l'air de ne rien comprendre. « Tu ne peux pas rester ici, avait murmuré Tom une fois de plus. Tu n'as pas le droit de m'infliger ça. » Cody avait senti le corps excédé de Tom effleurer le sien. Il avait un parfum amer et brûlant. Tom se trémoussait devant lui. Impuissant. Désolé.

« Est-ce qu'il reste de la bière ici ? demanda Cody. Pas de bière ? »

Tom dut courir en acheter. Dans le couchant, il crut voir un cœur sanglant plein d'épines. Le cœur d'un gros homme sans courage. Avec des yeux tristes et hurlant de douceur.

Une dernière fois, Tom voulut revenir à lui, au monde. Il se montrerait brutal, endurci. « Pars ou je te tuerai. » Il aurait pu ajouter : « Toi aussi. » C'était absurde. Comme s'il avait en lui quelque monstre prêt à bondir. Il finit par se dire qu'il n'avait jamais vu Cody tel qu'il était. Il avait toujours cherché à le voir différemment. Vaillant, sérieux. Du coup, il en vint à se demander si, à son tour, il n'était pas victime d'une illusion du même genre. Peut-être n'avait-il jamais cessé de se voir comme un autre. Peut-être ressemblait-il à Cody tout en se croyant autre. Ils se ressemblaient parce qu'ils ne pouvaient plus se passer l'un de l'autre. On aurait pu dire qu'ils étaient devenus amis. C'était pire. Ils ne se contentaient pas de partager le pain, les envies, les humeurs. Ils voulaient encore partager l'existence en deux parts égales et unies. Sans autre but que de vivoter ensemble.

Cody n'avait rien dit. En quelque sorte, il s'était offert, le regard absent, les épaules rentrées comme un animal résigné qui attend le coup. Il avait caché son visage entre ses mains. Il n'avait plus rien eu d'humain. Presque privé de sexe, défait de sa virilité.

S'efforçant d'oublier son dégoût, sa fureur, Tom reprit sa drôle de vie avec Cody. Il n'eut pas le courage de le chasser une bonne fois pour toutes. Cet homme appartenait à la race des vaincus. C'était écrit sur lui. Ses yeux vides, quand ils se détachaient de la télévision, n'exprimaient pas de désir. Son corps épais, mou, était incapable du moindre signal de détresse. On ne le sentait à l'affût de rien, de personne. On le croyait vraiment sorti d'un mauvais feuilleton télé, dans un rôle muet et méchant. Pourtant il faisait preuve d'un attachement à Tom incompréhensible. Était-ce parce que Tom avait été la première et la dernière personne à l'aider? Etait-ce parce qu'il n'avait pas la force de faire un pas de plus? Au fond, se disait Tom, il cherchait un endroit secret, banal, un terrier ou un souterrain où personne ne viendrait lui demander : Comment t'appelles-tu? Tom était son geôlier. Cody voulait rester sans nom, dans l'humiliation du silence, dans la honte de l'aumône d'un seul. Oui, il n'y en aurait qu'un à veiller sur lui, sur sa vie broyée, à s'intéresser à lui. Tom pressentait obscurément tout cela. Quelque chose de pitoyable, d'inguérissable, le rapprochait de Cody.

C'était le découragement. La rupture de tout ce qui protégeait l'existence. La peur d'imposer sa volonté, d'acculer ce malheureux à une décision terrible modifia la vie de Tom. Leur vie commune était fondée sur un accord tacite et hasardeux. Sur l'acceptation pure et simple du découragement. Ils n'avaient plus la force de rien. Ni l'un de chasser l'autre. Ni l'un de se débrouiller sans l'autre. Cela s'imposa avec évidence. Ils étaient faits pour s'entendre et vivre unis comme des frères. Cela parut à Tom tellement naturel, tellement exempt de toute menace, de toute signification, qu'il levait les yeux sur Cody avec bonté. C'était une créature inoffensive, aux épaules tombantes, au regard mélancolique et doux, au rire idiot qui ne s'était trouvée sur son chemin que par le plus grand des hasards. Par fatigue et paresse. Tom n'ayant pas osé l'oublier.

Les mains jointes derrière le dos, Cody restait debout à la fenêtre sans voir le monde. Ses yeux ressemblaient à du papier fripé. Tom pensait qu'ils devaient être doux à embrasser. Aussi doux que lorsqu'on dépose un baiser

sur le ventre d'un agneau ou sur l'aile impro-
bable d'un ange perdu. Mais que voyait donc
Cody? Un ciel intérieur. Des flocons d'encre descendre de l'infini et noircir le monde.

À quoi pense-t-il? À chaque fois qu'il jette
un regard hors de lui, à quoi pense-t-il?

Tom avait compris avec Susan qu'il n'était plus
capable de vivre une relation durable avec un
autre être humain. Que la force qui nous fait
aimer les autres et le monde l'abandonnait
doucement. Il s'enfonçait dans la noncha-
lance un peu veule de Cody et cela lui faisait
du bien. Il ne se demandait plus où était passé
le sentiment qu'il avait pu avoir de sa propre
valeur. Confronté à une sorte de maladie incurable et douce. À une fatalité effroyable révé-
lée sans doute par le meurtre de Susan. Il
sentait comme une envie de couler, de plonger lourdement sans efforts, sans un geste.
C'était là, à l'intérieur de ce sentiment d'abandon et de solitude, semblable à celui des
héroïnes des feuilletons télé qui offrent désespérément des lèvres tendres et passives,
qu'aurait lieu leur combat.

Ce serait un combat sans merci, avec un
adversaire privé de force et d'ardeur. Une
lutte dans l'obscurité totale. Sans témoins. Il
s'agissait peut-être d'un sacrifice plus que

d'un combat. Et le seul fait d'être lié à Cody, à son service, d'avoir à veiller sur lui, le plaçait aux yeux de Tom incomparablement plus haut que l'homme qui vit dans le monde, si librement que ce soit.

Le désir de tuer reflua lentement. Tom vivait cela comme une convalescence provisoire. Il aimait l'homme ridicule. Celui qui avait fait un barrage contre la mort. Ses habits dépareillés qui traînaient dans l'appartement. Les restes de ses repas. Il aimait l'homme sans volonté. L'homme assommant. Il crut découvrir tout à coup ce qu'était l'être humain. Un frère orphelin et ridicule. Sans calibre aucun. Avec une grande bouche ouverte sur rien et un nez rond.

Cody se mit alors à l'observer inlassablement. Devinant quelles sortes de choses idiotes et douces se cachaient dans le chagrin de Tom. Il y eut, vers la fin, cette pensée claire de l'homme ridicule qui planait dans l'appartement. La pensée hébétée d'un repos éternel, de la violence guérie. Il y eut entre eux cette tendresse infirme des gens désespérés qui savent quel désespoir total habite la vie. Le fleuve lâche de la vie.

Le monde extérieur leur était devenu un espace interdit, presque sacré. Quelque chose rôdait encore. Une inexpugnable crainte logée en eux comme un ver. Ensemble, ils avaient peur.

Peur des dangers, peur des autres, peur

de l'hôpital, peur du désir de tuer. Peur du monde qui bougeait au loin comme un océan.

Tout devint pesant. Les autres, les écoliers en riant, la moindre passante, ressemblaient à des lutteurs de foire. Eux n'arrivaient plus à soulever l'ombre de leurs épaules, à secouer le froid. Ils ne pouvaient plus parler qu'à travers des fragments de paroles pareils à des oiseaux déchiquetés que le vent emportait. Le monde ne devint plus que cette chose contre quoi l'on se heurte sans comprendre. Cette vieille chose familière qui s'efface progressivement de la mémoire machinale de votre corps.

« Assieds-toi près de moi. »

Là, dans cette chambre exiguë où ils décidèrent de limiter leurs déplacements et leur besoin d'espace. Ils grillaient des cigarettes que Tom allait chercher furtivement au tabac du coin. Ils regardaient la télévision sans se soucier des programmes. Assis côte à côte, sur la même dureté duveteuse du matelas, du lit qu'ils ne refaisaient plus. Les draps et les couvertures roulés au pied.

C'était une sorte de lutte malgré tout. Tom savait qu'il ne pouvait pas vaincre. Que l'autre attendait silencieusement cette victoire terrible. Tom pensait que Cody avait failli mourir à cause de lui. Par lui. Cette idée accaparait son esprit de façon épuisante, de sorte que la sensation de lui devoir quelque chose, une force infinie qui ne reviendrait plus, un acte irréparable l'envahit inexorablement. L'attachant plus étroitement encore à cet homme perdu. Comme s'ils étaient de la même chair, liés d'une quelconque et mystérieuse façon.

15

Cody *savait*. Ils n'en parlèrent jamais. Ils ne trouvaient plus leurs mots. Comme ces adolescents qui découvrent terrorisés qu'ils sont amoureux avec tout ce que cela pour eux a de dur, de bestial et d'angoissant. Avec la torture que cela inflige à leurs corps. Cet état de silence était leur façon à eux de s'aimer. Personne d'autre ne saurait. Ni combien la haine les avait frôlés de près, ni cette envie de tuer qui était née entre eux et qu'ils avaient étouffée dans une humanité ridicule et sans volonté.

Ils ne sortaient presque plus de l'appartement. C'était une inutile accumulation de commencements. Dehors, les gens se perdaient, tout était sombre. Le vent les faisait éternuer et pleurer. Leurs gorges brûlaient. Ils souffraient de la dessiccation et se cognaient partout.

Tom restait allongé, les yeux fixés sur le plafond. Dans un état proche de la douce hébétude de Cody. Ils continueraient d'aller à la dérive, sans avoir la force, ni l'un ni l'autre, d'aboutir à une décision raisonnable. Il devenait si facile de laisser filer le temps. Il n'avait pu comprendre Cody que parce que, en lui aussi, quelque chose était arrivé qui l'avait éloigné du monde, qui l'avait séparé de tout. Et Tom se surprenait encore à chercher avec fièvre n'importe quoi de connu, de rassurant, n'importe quoi de déjà vu. Il n'y avait plus rien. Rien à quoi il aurait dû s'attendre. Rien ni personne de reconnaissable.

Il entendait seulement le corps de Cody glisser lourdement dans un fauteuil, ou tituber jusqu'à la cuisine. Tom avait envie de se lever, de prendre Cody par la main, de l'embrasser. De danser avec lui. Ils seraient sortis et auraient acheté des cadeaux. Il l'aurait emmené dans des endroits de rêve comme ils en voyaient à la télévision. C'était cette générosité cruelle qui l'empêchait de trouver le moindre repos, qui lui interdisait d'oublier cet homme. Il n'était plus possible de dire avec certitude si les yeux de Cody voyaient encore quelque chose, si sa bouche pouvait encore épeler le moindre mot. Il se cramponnait à la rumeur de la télévision. Il devenait inintelligible et adorable.

Tom croyait qu'il devait quelque chose à Cody, et il ne parvenait plus à se débarrasser de ce sentiment de culpabilité. Il ne doutait plus que Cody était un compagnon probe, fidèle. Certains détails ne trompaient pas. Infimes pour un œil extérieur à leur communauté. Les efforts qu'accomplissait parfois Cody pour se tenir près de lui, pour entretenir en silence une conversation creuse, perdue. Sur ses traits soudain se dessinait une sorte de familiarité douloureuse avec le mystère d'être debout et actif. Vacillant parce qu'il avait quitté le mouvement même où il se décourageait.

Ils étaient jetés hors de la vie, sans travail, sans compagnons, perdant chaque jour davantage l'envie de prouver leur droit à l'existence. C'était comme s'ils avaient une bonne fois pour toutes soulagé leurs cœurs, passé définitivement leur mal sur quelque chose. Toutes leurs dernières forces, ils les consacraient à se supporter mutuellement. À cette chose la plus simple et la moins connue, à ce que l'homme était pour l'autre homme. À supporter l'autre égal.

C'était ainsi.

Parfois ils ouvraient de grands livres qu'ils ne lisaient pas. Ils rêvaient avec lenteur de fleuves à franchir, de femmes qui serviraient de guide. Ils ne pouvaient penser qu'à peu de chose à la fois. Ils se souvenaient mal.

Ils traînaient sans ouvrage, sans désir. Ils avaient honte et peur d'aller par les rues. Tom disait qu'on ne pouvait pas passer son temps à assener des preuves, à crier ses droits. Il disait cela sans tristesse. Avec une sorte de joie usée. Voilà ce que c'était. Une joie qui ne déferlait plus mais qui stagnait comme une eau dormante, qui gisait tout au fond d'eux. Avec la détresse de se sentir mortel, le désespoir de se savoir abandonné. C'est le malheur qui les menait aux eaux dormantes de cette joie muette et morte. Et Tom levait les yeux sur Cody. C'est lui qui l'avait égaré, qui l'avait entraîné nulle part. Lui à qui il n'avait pas su s'opposer.

Les premiers rayons du soleil annonçaient une journée sans nuages, un temps doux. Fréquent à la fin de l'automne. Cody demeurait tranquillement assis devant la télévision, les yeux rougis et humides. Tom ne disait toujours rien. Il se leva et observa sur le seuil obscur de la chambre ce drôle d'ami. Cette présence fraternelle malgré tout. Maintenant, ils étaient hantés par un même vœu de pauvreté qui les unissait. Qui faisait s'élever dans le silence de l'appartement comme un chant, une lamentation humaine.

Quelquefois c'était comme s'ils n'avaient plus de peau, ils ne sentaient rien. Ni le froid ni la rudesse. On aurait dit qu'ils devenaient une frêle montagne de douceur. Un volcan éteint aux laves polies et mortes. Devant Cody, Tom s'en voulait d'avoir manifesté trop de curiosité pour les biens matériels. Oui, pour les choses de la vie. Il prenait le goût de cette pauvreté résignée dont l'austérité, le silence le rapprochaient de Cody.

Cet appartement était la dépouille d'une humanité engloutie. Un monde figé qui repoussait l'espace. Il fallait se laisser aller à cette chose nue sans la comprendre. Gagné par une sorte de contagion effroyable.

Voilà plusieurs semaines, des mois entiers déjà, que Cody logeait avec lui ici. Sans même savoir encore le nom des rues. Sans trouver rien qui vaille la peine d'un déplacement, d'un effort. Plongé dans ce découragement qui leur semblait à présent le but naturel de l'homme. Sa seule fin. Le monde, au-dessous d'eux, tremblait comme une flamme tressée à de la poussière.

Tom avait compris que rien ni personne ne pourrait le sauver, l'arracher de Cody. Qu'il était enchaîné à ce sentiment curieux, atroce, qui mêlait l'honneur et l'abandon. Et que ce qu'il éprouvait à la fin pour cet homme perdu, somnolent, c'était une profonde mais très singulière affection. Au point qu'il s'accusait parfois de s'être servi de lui pour réformer son existence lamentable. Et il avait le sentiment de défendre une cause dont il ignorait encore tout, qui peut-être le mènerait à sa perte, en s'acharnant à veiller sur ce compagnon pathétique. «Puis-je affirmer ne jamais l'avoir trompé? Ne jamais lui avoir menti sur son sort, ni communiqué des illusions?» Il se disait que d'avoir voulu encourager cet homme avait flatté son propre orgueil, l'avait fait paraître important et généreux à ses pauvres yeux. Jusqu'à sombrer dans l'envie de tuer.

Cody était ainsi devenu son tributaire. Son «enfant». Même les mauvais traitements que lui avait infligés Tom au début avaient raffermi leurs liens, leur dépendance commune. La question de leur séparation s'était dissoute. Ensemble, ils n'avaient plus que des pensées très simples. Comme celles qui doivent resurgir avant la mort. Une chaussure qu'on ne retrouve plus, un projet de voyage qu'on avait abandonné et qui vous revient comme on reçoit une carte postale. Une indéfinissable odeur de nourriture et d'abandon.

Cody comprenait-il quelque chose de la situation? Est-ce qu'il savait ce qui se passait entre eux? Et comment cela finirait? Peut-être voulait-il mourir là. Pantois. Après avoir mis

Tom devant l'obligation infinie de le protéger. Devant le choix de veiller sur lui ou de le tuer.

Un simple coup de vent les aurait éteints. D'un rhume, d'un frisson.

Souvent, dans la nuit, Tom poussait un hurlement sec qui réveillait Cody. Dressé à moitié sur le lit, il fixait avec hébétude les murs sales de la chambre. Dans ce long cri, on aurait cru entendre le souvenir d'une peur comme si Tom avait encore tué quelqu'un et qu'il repoussait le fantôme de sa victime dans les bras désarmés et sans force de Cody. Comme si la victime elle-même criait avec le cri de Tom, appelait en vain à l'aide avec la voix brisée de son assassin.

Une flamme brillait dans le regard de Tom. Il y avait entre eux comme une forme limpide et minimale d'une estime réciproque. Cela s'exprimait moins par des mots ou des gestes que par des silences, des envies brusques qu'ils refoulaient. Réchauffer le café de celui qui se levait le plus tard, rouler la cigarette de l'autre. C'était une relation fondée sur la patience, sur l'au-delà de la honte. Un chemin uni et droit, sans espérance, sur lequel la fatigue avait poli les dernières attaches à l'existence.

Il s'était passé cet événement étrange,

insoupçonnable. Cody était devenu peu à peu aux yeux de Tom un homme unique et sans doute admirable. Il restait toujours aussi inabordable, silencieux. Mais cette bizarrerie et cette solitude qui l'étreignaient à longueur de temps avaient commencé à tout imprégner autour d'eux. C'était comme si le rapprochement de ces deux hommes, à première vue désunis, différents, avait rendu possible une présence commune, faite de répulsion et de fraternité. Tom remarquait qu'un certain nombre d'éléments disparates se rassemblaient contre sa volonté. Il ne se souvenait plus, par exemple, avoir accepté de servir les repas devant la télé. Ni avoir un jour renoncé à lui trouver un emploi. Tom subissait l'influence de Cody, il se soumettait à ses préférences passives, paresseuses. « Ne faisons rien », murmurait simplement le gros homme fatigué. Ils restaient enfermés. À attendre un événement sans force, une révélation muette. Ils laissaient passer la maladie de la haine.

Ils avaient commencé à se couper du monde, à se négliger dès le retour de Tom. On ne téléphonait plus. Tom avait quitté son travail. Il avait décidé de tout abandonner, de se consacrer uniquement à Cody dans l'espoir de percer le mystère de cet homme, de mieux comprendre l'anéantissement qui l'habitait. Et si précaire que fût cette position, l'idée de revenir un jour à une vie normale, l'idée de quitter cet homme, de l'oublier pour toujours, effrayait Tom. Au commencement, il avait pu croire qu'il agissait ainsi dans le noble but d'aider Cody. Puis ce fut comme un courant qui emportait tout. Unis secrètement, comme des frères ennemis épuisés, Tom savait qu'ils se noieraient ensemble. Etrange fraternité que la leur qui les séparait du monde, qui limitait au minimum les contacts avec l'extérieur.

Bien sûr, il n'aurait tenu qu'à lui de refuser le doux entêtement de cet homme. D'écarter une bonne fois pour toutes ce compagnon encombrant, collant. D'abord, la seule idée qu'il aurait toujours assez de volonté pour mettre un terme à leur relation avant qu'elle ne dégénère l'avait rassuré. Mais il y eut comme un tendre relâchement de l'attention. Une glissade vers l'acceptation forcée de la présence opaque, inamovible de Cody. Tom avait espéré que Cody retrouverait peu à peu, comme un convalescent, l'autonomie nécessaire à une vie responsable. Puis, voyant qu'il refusait paisiblement toute décision raisonnable, Tom s'aperçut qu'il manquait à son tour de courage. La paralysie, le découragement de Cody l'avaient contaminé. Ecœuré, éreinté, il n'était pas parvenu à jeter ce type à la porte de chez lui. Englué dans une tendresse confuse, vaguement fraternelle, qui l'apaisait et le privait de volonté.

Tom était arrivé à échafauder d'obscures hypothèses pour expliquer ce découragement contagieux. Que Cody eût seulement désiré compter sur l'aide de Tom pour s'en sortir, qu'il eût redouté de se retrouver seul au monde, manquant de tout pour reprendre pied dans la société, n'avait en soi rien de surprenant. Mieux, Tom respectait son désir de se taire, les choses idiotes et douces dont il peuplait son magnifique abandon. Mais ce qu'il ne parvenait pas à comprendre, c'était la contagion de cette absence de résistance. Une contagion telle qu'elle le poussait à tout accepter venant de cet homme. À croire possible une autre civilisation, entre personnes perdues, lentes, sans but. Une civilisation de douceur et de renoncement.

L'écran de la télévision avait établi une espèce de distillation sonore et visuelle du monde. Les longues heures que Cody passait devant le poste divisaient la notion que Tom avait toujours eu du temps. C'était une manière d'enfermement. Cette attente désœuvrée devant la télé avait largement contribué au découragement, à sa contagion. Le moindre des actes de l'existence était en quelque sorte capté par ce pôle lumineux et bavard, et englouti.

Quand Tom regardait Cody avec trop d'insistance, Cody levait les yeux de l'écran et semblait dire : «Toi aussi, tu as changé ma vie… » Alors Tom pensait que ça ne durerait pas. Qu'ils avaient atteint un seuil au-delà duquel le monde n'avait plus qu'à disparaître. On ne pouvait pas, se disait-il avec effroi, changer de vie comme ça. Incapable de remords. Libéré de la contrainte d'avoir à déglutir en permanence la confiance qu'on mettait dans le monde, dans les autres, pour dissoudre la boule d'angoisse qu'on avait dans la gorge depuis la naissance.

Oh ! Tom avait bien essayé de le chasser. Mais Cody était resté comme un enfant de fonte. Faisant apparaître l'effarement de la première rencontre sur terre et l'embarras de l'homme comprenant qu'il aurait à veiller sur son frère jusqu'à la fin. Jusque dans son propre désir de le tuer. Se demandant comment on savait ces choses-là.

Il ne s'en était pas rendu compte immédiatement. Mais Tom avait été abusé par les étranges comportements de l'homme qu'on avait libéré après vingt ans. Par ce manque d'audace et de soulagement. La compassion incrédule qu'il avait nourrie au tout début pour cet homme découragé s'était lentement muée en un attachement inébranlable autant qu'inexplicable.

Ils cherchaient à ne plus faire qu'un. Dans le même espace confiné. Partageant le même désintéressement. Ça n'avait de comparaison avec aucune autre sorte d'union. Ils ne connaissaient pas les mortifications de l'union érotique. L'usure de la gratitude qu'on doit à l'autre. À son corps, à ses besoins. Ça n'était pas un sentiment agréable. Mais un ressassement semblable à celui de la télévision qu'ils regardaient ensemble, unis, derrière leurs vieilles paires de lunettes empoussiérées.

Ils ne seraient jamais quittes. Ils chercheraient toujours quelque chose qui compenserait le découragement dans lequel Cody les avait plongés.

Cody était son débiteur. Et Tom en avait honte. À cause aussi de la différence d'âge qu'il y avait entre eux. Car maintenant Cody paraissait vieux, usé.

Leur dernière sortie eut lieu un dimanche en fin d'après-midi. Soirée de désœuvrement comme un livre fermé, abandonné qui a jauni. Cody accepta sachant qu'ils risquaient de perdre pied. Comme s'il avait deviné que Tom voulait enfin le dominer, le vaincre. Le besoin de s'étourdir une dernière fois.

L'impression de s'exhumer. De remonter à la surface avant de plonger.

« Arrache-moi de terre, semblait murmurer Cody. Ressoude-moi ailleurs. »

Ils n'avaient plus souvenir de grand-chose à l'extérieur. Ballottés dans l'immensité, dans le désordre irrémédiable du monde. Ils avancèrent en titubant, pauvres de leur maigre savoir, le cœur défaillant.

Les formes des immeubles n'avaient guère changé. Il semblait encore y avoir un monde. Des remous continus et aveugles, de la nuit fondue. Ce fut la force de cet ultime regard qu'ils portèrent sur le monde extérieur. Ne cherchant même pas à y mettre quelque chose. Ils décidèrent, sans se le dire, qu'il ne s'y passait plus rien. Le soleil n'était jamais exactement feu. Les rues ne menaient jamais vraiment quelque part.

Ils n'y seraient jamais guéris. Ils ne s'y sentiraient jamais à l'aise. L'amoncellement des choses et des êtres s'était dispersé. L'essaim grondant et inquiétant du monde avait fondu dans la neige crépitante de la télévision, d'épisode en épisode, les séries mélangeant leurs histoires à répétition, leurs personnages déchus et relevés avec la constance d'une infinie miséricorde.

On aurait dit qu'ils ne remarquaient rien

des choses à transformer autour d'eux. Qu'une main terrifiante et juste avait gommé les aspérités du monde. Qu'elle avait pris soin d'ôter toutes ces branches auxquelles l'être se raccroche pour ranimer le désir de vie. Il n'y eut rien que l'apaisement. Un inébranlable apaisement comme un suaire translucide. Une aube rigide que revêtaient même les passants. Ils notèrent le petit linceul doux et pitoyable sur le sourire ravalé des gens.

Le côté surprenant et totalement nouveau de ce qu'ils découvraient ne les gêna pas. Ils trouvèrent que tout ça ressemblait à un univers étrange et merveilleux dans lequel ils avaient fait irruption par hasard. Ils s'en retiraient sur la pointe des pieds en vacillant. Peu à peu, à mesure qu'ils se rapprochaient de chez eux, leurs pensées se brouillèrent. Ce mystérieux épanchement disparut. Ils ne virent plus devant eux que des personnes mornes et effrayantes, ils se blottirent l'un contre l'autre pour se protéger des rafales coupantes, de l'air nocturne et des regards. Un sentiment de fatigue les envahit. Ce fut une prodigieuse fatigue. Leurs paupières étaient lourdes. La marche, le monde extérieur les avaient épuisés. Il était bien huit heures passées, ce soir-là. Ils auraient voulu souhaiter bonne nuit au monde. Ils auraient aimé pouvoir tout saluer une dernière fois. Ils n'en eurent pas la force.

Cody se raccrochait à son compagnon. Ils avançaient dans le vide, marchaient sur une mer en désordre, calmaient une tempête qu'eux seuls pouvaient imaginer. Ils fermaient les yeux et franchissaient les rues, les avenues. Comme des saints.

Ils ne retrouvaient pas l'appétit de marcher, de prendre l'air comme peuvent le retrouver des convalescents. Non. On aurait dit des ressuscités préparant leur Ascension. Avec des lunettes noires qui dissimulaient leurs regards. Ce qui accentuait leur ressemblance avec des aveugles, aux déplacements vertigineux, à peine guidés par une image qui s'affaiblissait de plus en plus. Débarrassés, rincés du souci du déchiffrement. Déjà élevés, attirés vers le silence. Chassés de ces endroits banals qui étaient comme des terres vierges et inconnues.

Une petite assemblée de passants apparut à un croisement de rues, dans leur champ de vision. Les talons hauts, les tailleurs à jupe courte et étroite des femmes. Les cris des enfants, les regards des hommes durs et lumineux comme du verre. Le doux vrombissement des rares voitures. Les corps déliés des flâneurs. Ce fut un défilé, un cortège. Comme une fête qui s'achève et se disperse.

Ils rentrèrent enfin à l'appartement. Quel périple. Tom faillit les perdre. Il ne reconnaissait plus très bien les lieux. Ce qui était par-delà leur zone de paix et de découragement ne l'attirait plus. Cela l'effrayait. Et tout semblait englouti dans leur silence sourd, dans leurs gorges sans voix. Silhouettes intactes en apparence, renfermant une humanité pâlie, effacée au milieu d'une compagnie invisible et céleste.

Une dernière fois, leurs lèvres remuèrent et leurs langues humectèrent la peau irritée par le vent. Leurs yeux s'écarquillèrent et regardèrent alentour. Ils se sentaient laminés, emportés. Réduits à une lourdeur grotesque qui les laissait à la fois confus et épuisés. Ils tenaient à peine debout. Ils allaient bien dormir.

Ils entraient dans une vie tellement adoucie, tellement effacée. Une vie que personne n'aura jamais complètement éclaircie. Un instant encore, et tout aurait perdu son sens. Ils seraient restés l'un avec l'autre à attendre sans rien dire, sans rien penser ni imaginer que tout soit consommé. Ils ne se défendraient plus.

L'humanité méprisée, oubliée, réclame ses droits aux instants les plus inattendus de l'existence. Elle refait surface quand rien n'est plus possible. Lentement, le bourdonnement irritant du monde cessa. Cody s'épongea le front. Tom sourit. D'abord en silence. Puis il rit franchement en serrant les épaules de son compagnon. Il n'avait pas ri comme cela depuis qu'il était un tout-petit. Ça lui était venu comme ça, dans le désordre, dans la nuit qui tombait doucement. Alors qu'ils rentraient pour toujours.

Au loin, la mer battait. Le magma de la terre brûlait et avalait des milliers de corps. Ils ne le sentaient plus. Les fonds se déchique-taient. Des laves palpitaient comme des cœurs liquides en fusion. Ils avaient du coton dans leurs jambes, atteints d'une douceur qui se propageait dans chacun de leurs muscles. Ils sentaient le filet de l'existence se défaire maille après maille, sans songer à le recoudre. C'est idiot, pensa Tom. La douceur serait égale à un royaume. Elle se déposait comme une lumière sur les objets familiers, les visages angoissés. C'était comme un rideau qu'on ne pourrait plus soulever.

Leurs derniers pas furent transparents.

Les escaliers. Oh! le silence dans la cage d'escalier. Les marches usées, râpées inexo-rablement par la fatigue des hommes. Le palier avec le ronronnement de la minuterie.

Tom referma la porte derrière eux.

DU MÊME AUTEUR

Composition Infoprint
Impression Société Nouvelle Firmin-Didot
le 23 janvier 1995.
Dépôt légal : janvier 1995.
Numéro d'imprimeur : 29719.
ISBN 2-07-038908-1/Imprimé en France

67933